三毛猫ホームズの狂死曲(ラプソディ)

三色猫探案
狂想曲

[日]赤川次郎 著

潘璐 译

人民文学出版社
PEOPLE'S LITERATURE PUBLISHING HOUSE

著作权合同登记号　图字01-2017-8524

MIKENEKO HOUMUZU NO PHAPSODY
©Akagawa Jiro 1981
All rights reserved.
Original Japanese edition published by Kobunsha Co., Ltd.
Publishing rights for Simplified Chinese character arranged with Kobunsha Co., Ltd. through
KODANSHA LTD., Tokyo and KODANSHA BEIJING CULTURE LTD., Beijing, China.

图书在版编目(CIP)数据

狂想曲/(日)赤川次郎著；潘璐译.
—北京：人民文学出版社，2018
(三色猫探案)
ISBN 978-7-02-013826-5

I.①狂⋯　II.①赤⋯　②潘⋯　III.①长篇小说—日本—现代　IV.①I313.45

中国版本图书馆CIP数据核字(2018)第027133号

责任编辑	甘　慧　陶媛媛
封面插画	Moeder Lin
装帧设计	山川@山川制本workshop

出版发行	人民文学出版社
社　　址	北京市朝内大街166号
邮政编码	100705
网　　址	http://www.rw-cn.com
印　　制	上海盛通时代印刷有限公司
经　　销	全国新华书店等
字　　数	106千字
开　　本	787毫米×1092毫米　1/32
印　　张	9.125
版　　次	2018年6月北京第1版
印　　次	2018年6月第1次印刷
书　　号	978-7-02-013826-5
定　　价	39.00元

如有印装质量问题，请与本社图书销售中心调换。电话：010-65233595

目　录

总　序　　　　　　　　　　　　　　　　　　　1

调　音　　　　　　　　　　　　　　　　　　　5

第一乐章　快板，但不是太快　　　　　　　　　17

第二乐章　柔美的慢板（如歌曲般悠扬）　　　　81

第三乐章　轻松活泼的快板（欢快灵动地）　　　166

第四乐章　终曲　　　　　　　　　　　　　　　205

加　演　　　　　　　　　　　　　　　　　　　281

总序

三色猫探案系列：一个温情的故事世界

赤川次郎

从"三色猫探案"首次与读者见面，到今天已经有三十六个年头了。三十六年，差不多是普通猫咪寿命的两倍。

"把小猫设定为侦探"这一想法的诞生纯属偶然。拿到"ALL读物推理小说新人奖"的第二年，出版社向我约稿写一部长篇推理小说。我绞尽脑汁苦苦思索如何塑造新奇有趣的主人公，因为在"搞笑风推理"的大框架中，侦探的形象写来写去好像只有那么几种。

而就在这时，家里养了十五年的三色猫走到了生命的尽头。这只小猫早已成为家里不可或缺的一员，而且，这十几年是我家生活最为艰辛的一段时期，正是这只三色猫为我们带来了无限欢乐。

当我正式出道，家里生活终于有所改善之时，三色猫就像完成了自己的任务一样永远地离开了我们。为了报答小猫多年以来的陪伴，我决定让它在我的作品中复活。于是，在《推理》中，与我家小猫形态、毛色如出一辙的"猫侦探"从此登场。

不过，那时我并未打算写成系列。没想到此书一经出版好评如潮，结果我又写出了第二部、第三部……年复一年，不知不觉间这个系列已迎来了第五十部作品。原本我希望通过创作小说向我家三色猫报恩，结果它又以几十倍的恩情回馈了我。

三色猫福尔摩斯、片山兄妹、石津刑警,这些角色不仅仅是我的创造物,多年来,广大读者已把他们当作家人一般亲近与喜爱。因此,我会一直把这个系列写下去。

中国出版界很早之前就引进了这套作品的若干部,不知道猫这种生物在日本人和中国人心目中的形象是不是有很多共通之处呢?

无论如何,这个系列被翻译成中文,并被广泛阅读,这对于作者来说,实在是无上的荣幸。

曾经有一名小学生读者看了"三色猫探案"系列后对我说:"原来坏人也是有故事的啊。"在我的书里,猫侦探也好,片山刑警也好,他们都不是对罪犯一味穷追猛打的那种主人公。有些人因为生活所迫,不得已而犯下罪行,对于他们,我书中的侦探们在彻查真相的同时,也总是怀有同情之心。

也许现实世界比小说残酷许多,但我衷心期待大家在阅读"三色猫探案"系列时能够暂时忘却现实,在这个充满温暖和人情味的世界中得到治愈和救赎。

猫侦探也是这样希望……的吧。

调 音

今天并非一般公司发薪水的日子,然而奇怪的是这家餐厅却格外拥挤。

"实在非常抱歉。"说话的人身穿燕尾服,好像是餐厅经理。他面露难色,讷讷地道歉:"不知为什么,今晚客人特别多……"

"没有空位吗?"石津的不满和焦躁完全显于颜色。

"预约的客人很多……现在虽然有一些空位,但是预约的客人很快就会到。"经理虽然彬彬有礼,但言外之意也非常清楚,没有预约就不能进。

片山晴美戳戳石津的手臂。

"石津先生,没有空位就算了,我们到别的地方去吧。"

"可是……"

石津还在犹豫。晴美当然很理解他的心情。哥哥片山义太郎也是刑警，所以她很清楚刑警的薪水并不丰厚。可尽管囊中羞涩，石津还是勒紧裤带请她来这种高级餐厅吃饭，如果因为客满而打退堂鼓，也太丢脸了……石津，有着作为男人的自尊。

"下次再来好了。"晴美说。

"不行，下次不知要等到什么时候才能攒够钱。"石津讲出一句大实话。"晴美小姐，你先在外面等一会儿，好吗？"

"好啊……不过，真的不要紧吗？"

"你不要管，交给我吧。"石津挺起胸膛。

"好，我坐在那边的座位等你。"

晴美走出餐厅。这里的地下一层有五六家餐厅，中间是空旷的大厅，摆着几把设计别致的椅子。晴美找了一把椅子坐下。

不知哥哥有没有把饭菜好好加热过再吃，不知他有没有给福尔摩斯喂食。不过，如果哥哥不喂，福尔摩斯可不会善罢甘休，所以应该不用担心它饿肚子。反倒是哥哥，更让人放心不下，年近三十，还没有靠谱的女朋友……

"片山是因为有你在，才不结婚的，"哥哥的同事常常这样对她说，"因为他没有感觉到单身的种种不便，所以才不会认真考虑结婚的事。你不要顾虑他，自己先快点儿结婚吧。你一结婚，你哥哥自然就会想结婚了。"

晴美认为哥哥的同事说得有理。母亲早逝，当警察的父亲也因公殉职，只剩兄妹二人相依为命，所以哥哥大概觉得长兄如父，必须先解决晴美的终身大事，才能考虑自己的幸福。而妹妹却认为不能丢下糊涂哥哥不管，自己去嫁人。就这样，两人互相牵制，谁都不能下决心走出关键一步。

"石津先生干什么去了？"晴美喃喃自语。

这时，一群大学生模样的女孩儿叽叽喳喳地朝这边走来。说是一群，其实只有五个人而已，但那热闹劲儿抵得过十个大人。晴美是过来人，看着她们，回忆起自己快乐的学生时代。

她们也许是音乐学院的学生，其中三个人手里拎着小提琴琴箱，另外一个人拎的琴箱略大，可能是中提琴。只有一个人什么也没拿，大概是钢琴专业的，总不能带着斯坦威三角钢琴到处走吧。

女孩们个个看起来都像是出生于富裕家庭的千金小姐，衣着虽然低调，但剪裁做工都很高级，漫不经心挽在手里的包包，也都是GUCCI或MORABITO这样的名牌[①]。

晴美曾经在购物中心工作过，眼光非常精准。她觉得这群女生有一个共同的特点，就是无拘无束。

其中一个女生偶然看向晴美这边，不过，并不是看晴美。晴美顺着她的视线看过去，一个女人正死死盯着那群女生。那女人五十岁左右，不，也许没那么老，但是面容却显得非常苍老。

女人似乎不太寻常。她与这个场合格格不入——原因并不在于她身上的廉价衣物，而在于她圆睁的双眼中散发出的狂热光芒。

---

① GUCCI 和 MORABITO 分别是意大利和法国的奢侈品牌。

晴美收回视线。那群女生中最光彩照人的一位突然表情僵硬，笑容凝结在脸上。她呆呆立在当场，好像突然看到了某种可怕的东西。

其他四个人正走向方才晴美被婉拒的那家餐厅，提着中提琴的女生回头招呼道："喂，玛莉，你怎么了？"

"没……没事。"

叫玛莉的女孩蓦然回神，快步走进餐厅。

就在此时，石津迈着轻快的步伐从餐厅里走出来。

"晴美小姐，我们进去吧。"

"不是已经客满？"

"我让经理想办法通融了一下。"石津得意扬扬地说。晴美瞪了他一眼："你一定是亮出警察证件了吧？"。

"啊？不……没有，只是我的证件碰巧从口袋里掉出来，又碰巧被他看见了而已。"

"你这是滥用职权！"晴美嗔道，"只此一次，下不为例。"

"知道了。"石津挠挠头。人高马大的石津做出这种动作的时候格外可爱。

"那我们进去吧。"晴美举步往前走，突然又下意识地回头张望，那个中年女人已经不见了。

"怎么了？"

"没什么。"

走进餐厅，之前的那名经理亲自为他们领路。

"非常抱歉，座位太靠里面了。"

"不，没关系。"

晴美就座后，发现邻桌正巧是刚才那五个女生。她们坐在一张长桌两边，叫玛莉的姑娘高兴地端着一杯葡萄酒。

"晴美小姐，喜欢吃什么就随便点。"

"好，那我就不客气了。"

点完菜后，两人先开了一瓶葡萄酒，斟满酒杯后一饮而尽。晴美的酒量一向不错。

"片山先生那边不要紧吧？"

"为什么这样问？"

"我在想，他会不会生气？"

"他确实不太高兴，不过没关系，我和别人在一起的话，他更不放心。"

片山义太郎并不赞成妹妹和刑警交往，父亲因公殉职后，他反对得更加激烈。

"那就好……"石津的语气不太自信，"不过，最近总觉得片山先生看我的眼神充满杀气。"

晴美哈哈大笑："你太夸张了！"

两人喝着葡萄酒，邻桌传来那几个女生的交谈声。

"喂喂，马上就到八点了。"

"别说了，肯定没戏了。"

"你嘴上这么说，可脸上却是自信满满的样子。"

"我真的没戏了,已经放弃了。你看,我把《随想曲》拉成那个样子。"

说这话的是五人之中个头较矮、身材微胖的女生,她拿的乐器是小提琴。虽然戴着眼镜,但那副眼镜却犹如装饰品一样,更加衬托出她的可爱气质。

"上次比赛时,真知子也说过同样的话,结果还是拿了第一名。"

"那可不一样,这次和学生比赛的水准相比,完全不在一个层次,和我同等水平的人到处都是。"

"到处都是?太夸张了吧!玛莉,你怎么样?很淡定嘛。"

"我的实力,我心里有数,"玛莉说,"能进入最后的预赛,已经很不错了。"

"我认为玛莉和真知子都能进入决赛。"

"同意。赌一个手提包,她们都能进入决赛。"

"好了好了,你们几个真讨厌,"真知子瞪了她们一眼,"事不关已就尽说风凉话。是吧,玛莉?"

玛莉笑而不语。

"说是八点钟左右会通知我们结果,怎么到现在还没有消息?"

"好了,别总说比赛的事了!"真知子说,"玛莉,如果只有一个人能参加决赛……"

"怎样?"

"那么今晚就由那个人买单，好不好？"

"没问题！真知子，你带钱了吗？"

"哎呀，我觉得肯定是玛莉请客，所以只带了车票钱。"

五个人笑成一团——邻桌的晴美也不禁被逗笑了。玛莉和真知子看起来都很自信，不过到了这种时候，心里多少还是会有几分不安吧。

"不知道是怎样的比赛，"石津也听到了女孩们的谈话，"难道是泳装比赛？"

此时，餐厅经理快步向女孩们走来。

"哪一位是樱井玛莉小姐？"

"是我。"玛莉的表情很紧张。

"服务台有你的电话。"

"谢谢……"她站起来，接着又说，"我不想去接。真知子，你去接吧。"

"我才不去呢，要是得知只有玛莉入选而我却被淘汰就太惨了。"

"我好怕……你们哪位去接一下电话，好不好？"

"不好！你还是快去吧！"

在大家的再三催促下，玛莉终于离开了座位。但她走了几步，好像突然想起了什么，转身向晴美走来。

"不好意思，可以拜托你一件事吗？"

"什么事？"

11

"请问,你能替我接个电话吗?"

"啊?"

"是比赛委员会打来的,通知由樱井玛莉或植田真知子参加决赛。请你替我接这个电话,好不好?拜托了!"

"好的,我去接。"晴美微笑着站起来。

"谢谢。"

晴美迅速走到服务台,拿起放在电话旁的话筒。

"对不起,让您久等了。"

"你是樱井玛莉小姐吧?植田真知子小姐也在吗?"电话那头传来一个干脆利落的女性的声音。

"是的。"晴美道。

"这里是斯塔维茨小提琴比赛委员会。"

晴美大吃一惊。斯塔维茨小提琴比赛是顶级水平的音乐赛事,最近各种媒体都在大肆报道。能参加这种比赛,说明那两个女生相当优秀。电话那头的女性继续说:"根据审查结果,樱井玛莉小姐和植田真知子小姐两位都进入了决赛。恭喜你们!详细情况请见明天寄出的通知书。"

晴美听完放下话筒,向那几个女生挥手大喊:"两个人都能参加决赛了!"

"啊!"那边爆发出欢呼声,五个女生尖叫着蹦起来,踢翻了好几把椅子。

其他客人不知发生了什么事,都朝女生这边看过来。晴美觉得自己好像与有荣焉，情不自禁地为她们感到高兴。当她准备回到自己座位的时候，服务台的小姐叫住了她："不好意思，又有一通电话找樱井小姐。"说完把话筒递给晴美。

晴美犹豫了一下，那五位女生仍抱在一起，互相拍打肩膀，闹成一团。晴美决定先把电话接起来。

"喂喂？"

"你是樱井玛莉吧？"电话那头传来一个低哑含混的古怪声音。

"请问您是哪位？"

"你听清楚，我绝不会让你得到冠军。"

"你说什么？"

"如果你想保住小命，比赛时就要故意出错，否则……"

"你是谁？"

对方挂断了电话。晴美轻轻放下话筒。

晴美曾经与哥哥和福尔摩斯一起参与过几次犯罪调查，她从刚才的那个声音里感受到一种深不见底的真正的恶意，这绝非单纯的恶作剧或骚扰电话。虽然这只是晴美的直觉，不过在直觉的准确性上——不，应该说，即使在直觉的准确性上，晴美也比哥哥强多了。

看着那五个手牵手热泪盈眶的女生，晴美似乎看到一团阴影正笼罩在她们头上。

"刚才太谢谢你了。"晴美回到座位时，樱井玛莉前来道谢。

"别客气。恭喜你。"

"谢谢。如果……不嫌弃的话,和我们坐在一起好吗?"她看了一眼石津,又说,"请两位一起过来吧。"

"谢谢,那就恭敬不如从命了。石津先生,你说是不是?"

"这……"

"一个男人对六个女人,你该不会是害怕了吧?"

晴美嘴上开着玩笑,心里却盘算着或许能从女孩儿们的谈话中探出些端倪。

她决定不说出后一通电话的内容,至少不能在这个欢乐的场合给她们泼冷水。

服务生过来把两张桌子拼在一起,晴美和石津坐在长桌的一端。

"恕我冒昧,请问两位是夫妻吗?"

"不,我们只是普通朋友,"晴美笑道,"我叫片山晴美,这位是石津先生。"

"我是目黑警局的石津。"其实他大可不必把自己的职业也说出来,看来他真的很紧张。

"原来是刑警先生,那我就放心了。"植田真知子说。

"你有什么担心的事吗?"

"这样喝醉了就有人送我回家了。"真知子说着笑了起来。

从年龄来说,她已经不是动不动就咯咯傻笑的小姑娘了,不过，也许因为实在太高兴，所以一直笑个不停。而樱井玛莉只是双颊微微泛红，和真知子相比，显得冷静一些。

"决赛是什么时候？"晴美问。

"两周之后。"玛莉回答。

"时间很紧啊。你决赛时拉什么曲子？"

"不知道，所以很紧张。"

"是当场指定曲子吗？"

"是的，指定曲包括一首巴赫的无伴奏曲和一首协奏曲——可能是贝多芬、勃拉姆斯、柴可夫斯基、门德尔松、西贝柳斯、布鲁赫等人的作品，要到当天才知道到底是哪一首曲子，所以必须把所有曲子都练熟才行。"

"也太难了吧！"晴美摇头赞叹。

"更难的是新作品。"真知子说。

"新作品？"

"是委员会委托某人为这次比赛特别作的新曲，作曲者及其作品都是严格保密的。"

"什么时候才能知道呢？"

"决赛前一周。"

"也就是说，你们要在一周之内把这首新曲子练熟？"

"比赛时不能看乐谱，不过记乐谱不是很难，我们早就习惯了。难的是如何诠释作品，"玛莉接着说，"因为是全新的作品，所以没有范例可以参考，必须自己读谱、用心揣摩并加以呈现。"

"而且，禁止与他人交流。"真知子道。

"禁止？可是有一周的时间……"

"在这一周里，参加决赛的人都要被关在某一个地方，"真知子说，"不能离开那里一步，也不能与外界通信、通话。"

"真没想到，原来如此严格！"晴美叹息连连。她想，如果是自己，说不定会因为精神上的重压而崩溃。"这么说来，你们要与世隔绝一个星期了。"

如果那个威胁是真的……那么，"那一个星期"显然是对方下手的绝佳时机。

第一乐章

快板,但不是太快

1

钥匙转动，门锁打开。

"好，进来吧。"

穿着皮草短外套的男人说。时值秋日午后，这样的穿着似乎稍嫌夸张。一头干燥且几乎全白的头发表明他的年龄在六十岁上下，但看上去容光焕发、充满活力，身材似西洋人，双腿修长。

他好像浑身有用不完的精力，这一点非但没有使他显得粗犷，反而为他增添了一股温文尔雅的知性气质。他那沉着稳健、与众不同的气场，更彰显出凌驾于众人之上的领导者风范。

而他的确是这样的人物——他就是日本指挥界的元老，朝仓宗和。

"这房子好像阴森森的。"站在朝仓身后的男人说。他大约四十岁左右，身着西装，打着领带，看上去像个平凡的上班族。

此人中等身材，脸色灰暗，似乎缺少运动；戴着一副度数很深的眼镜，似乎因为担心眼镜滑落，一直用手扶着。

他的实际年龄虽然比朝仓小许多，但两个人站在一起，他却比朝仓显老。

"是吗?"朝仓愉快地说,"第一次来的人也许会有这种感觉,但是,我却很怀念这里。"

"这里一定长期没人管理吧?"

"不,并不是很久,顶多七八年吧。"

"感觉会有提琴妖怪出现呢。"

"别瞎说!你不是无神论者吗?"

"我是不相信有神明或魔鬼,但妖怪是另一回事。"

"还是先进去再说吧。"朝仓略带不耐烦地推开紧闭的房门。

一起进来的男人名叫须田道哉,是朝仓任职指挥的新东京爱乐乐团的事务局长,同时也兼任斯塔维茨小提琴比赛委员会的事务局局长。虽然在音乐界工作,但他对音乐可以说一窍不通,而这一点正是朝仓喜欢他的地方。

须田虽然不懂快板与行板的差别,不过,算账却是一把好手。

所谓指挥家,都是专制的独裁者,朝仓也不例外,甚至可以说是典型代表。

须田不懂音乐,至于贝多芬和柴可夫斯基哪一个对听众更具吸引力,他也丝毫不感兴趣,这样一来,朝仓工作起来反而更觉轻松。

门开了。

两人走进一个空旷的房间,房间面积其实不算很大,但屋顶挑高，一抬头就可以直接看到二楼天花板，因此感觉房子很大。

"木头的气味真好闻，"朝仓不由得叹息，"现在的音乐学校，一个个都像是钢筋水泥建造的箱子。在那种地方，乐器都不能安心地发出声音。小提琴是用木头制造的，还是在木头环境里才能发出最美好的声音。喂，你干什么呢？这是西式房子，用不着脱鞋。"

"这样啊！我正愁找不到地方脱鞋呢。"须田这才放心走进来。

"你看这里怎么样？我曾在这里度过三年时光，处处都能勾起我的回忆。"

"哦……"须田东张西望，"没我想象的破旧，大概不必花太多工夫就可以整理好。"

"你这个人真利索，"朝仓笑道，"我带你到处看看吧。"

从大厅向右走，有两扇对开的大门。

"这里是餐厅，很宽敞吧。"

这是个长方形的大房间，一张结实的长方形餐桌摆在正中央，餐桌四周环绕着八张高靠背椅子。

须田或敲打或晃动每一把椅子，试它们的牢度。"一点儿也没有松动，老物件果然很结实，"他感叹道，"一共八把椅子……进入决赛的有七个人，有一把备用的椅子，正合适。"

"这张桌子很棒吧？虽然很古老，却是用北欧的木材打造的呢。"

"哦——那比赛结束之后可以卖个好价钱。"

"喂喂，你是来干什么的啊！"

"是，是，我只是开玩笑。"毫无幽默细胞的须田一本正经地说出这句话，显得十分滑稽。

"里面的门进去就是厨房。"

"哦，那正是我最担心的地方，厨房用具肯定都很古老了吧。"须田说完率先走进去，朝仓慢条斯理地跟在后头。

"怎么样？"

须田走过去，一一仔细察看烤箱、电磁炉、灶台和料理台。

"好像都还能用……煤气的总开关现在是关掉的，所以这些设备还要请煤气公司的人来检查一下才行，"须田接着说，"对了，这一带都已经换成天然气了吧？"

"这我就不知道了。"

"如果已经换成天然气，那么这些就必须全部更换。"须田双臂抱胸作沉思状，脑子里噼里啪啦地打着算盘。"这样一来，开销就太大了。不如干脆只留下烧开水用的煤气炉，三餐叫送餐公司送来。"

"这样太小家子气了吧！"朝仓皱着眉头说，"参赛选手们都是食欲旺盛的年轻人，每天都要消耗大量精力。你要让他们像上班族一样吃外送的凉饭冷菜吗？这怎么行！除非是让马克西姆①那样的高级餐厅送饭过来。"

"这样啊,"须田似乎已料到朝仓会有这样的反应,"那么就必须雇用厨师了。"

"短期雇用就可以,只在比赛期间需要。"

"就是短期的才难找,"须田拿出笔记本把这件事记下来,"这里的门通向哪里?"

"通向后院。"

"原来如此……我明白了。对了,还有,通风扇也必须换新的。"

"一定要选好的厨师,可不能让参加比赛的选手食物中毒,多花点儿钱有什么关系呢!"

"知道了,"须田苦笑道,"您的口头禅又来了,'多花点钱有什么关系呢'。"

"那你的口头禅该接下去啊,'那钱从哪儿来呢?'"

"真是说不过您啊!"须田笑了。

"那么,现在去看看其他房间吧。"

两个人穿过餐厅回到大厅,推开与厨房相对、大厅另一侧的门。

"这里是客厅。"朝仓说。

---

① 马克西姆:法国百年经典品牌,最初由马克西姆·加雅尔开设,早年为贵族年轻人聚会之所,有贵族餐厅之称。

"好大啊!"须田探头一看,惊得目瞪口呆。

"这里太暗了,你去把窗帘拉开。"

"好。"

明明可以自己进去拉开窗帘,但是朝仓早已习惯指使他人。须田忍受着飞扬的尘埃,把每幅窗帘拉开。

这个房间的形状十分细长——有足够的宽度,而长度更为惊人。

房间分为两部分,靠近门口、大约占三分之一的空间,是客厅兼起居室,沙发围着几张小圆桌。与窗户相对的墙壁下方设有一个真正的壁炉。

靠里面占三分之二的空间布置成了小型演奏会场,最里面摆放着一架三角钢琴,面朝钢琴设有二十多个座席。不过并非固定的座席,而是一排排古色古香的椅子。

"哦……实在太棒了!"须田总算把全部窗帘都拉开,他一面徒劳地挥舞着双手驱赶灰尘,一面走向朝仓。

"很宽敞吧,以前曾经邀请过音乐家来这里表演。那时候,每到星期天,学生也会逐个上来演奏。"

"的确很气派,"须田再度环视四周,"这里也许还能派上其他用场。"

"怎么说?"

"比如,可以在这里举办'暑期音乐研修会',或者在这里举办演奏会,都很有意思。对了,在这里挂一盏漂亮的吊灯,这个房间就可以命名为'骑士殿'或'公主殿'之类的……然后我们把华丽的彩色照片登在宣传海报上。"

"我看叫'傻瓜殿'算了,"朝仓笑道,"别忘了,现在最重要的是比赛。"

"是。壁炉还能使用吗?"

"应该能用。冬夜,壁炉里烧起炉火,大家聚在这里谈天说地,那才是真正的青春啊!"朝仓回忆道。

"可是,还是得用暖气,因为这一带很冷,尤其入夜以后。"须田说。

"当然。可不能把选手们的手冻僵了。"

"用煤油炉最省钱,但这是木造房屋,万一发生火灾可就麻烦了……还是用天然气好了。"

"你看着办吧。"

朝仓说完,向尘埃甫落定的客厅里面走去。他掀开三角钢琴的琴盖,拂去椅子上的灰尘坐下,手指在琴键上滑动,琴声在客厅的空间里回荡。

"看样子没问题,"朝仓点点头,"只要调调音,就能使用。"

"难道您原来打算买新的?"须田惊讶地说,"那要花一千万日元啊!"

"能在这里摆一架走调的钢琴吗?"朝仓说,"好了,我们上二楼吧。"

通往二楼的楼梯在大厅里，楼梯很宽，坡度和缓，与一般日本住宅里那种陡峭的楼梯形成强烈对比。

"二楼全部是单人间，每个房间都很宽敞。"朝仓说。

"真想搬来住。"须田叹息。

朝仓打开旁边的一扇门，这一次，他自己进去拉开正面窗户的窗帘。

房间大约有十叠①大，有床、书桌、书架、沙发，就像古老宾馆里的一个房间，唯一不同之处是多了一个谱架。

"房间真不错。"

"因为要在房间里练琴，如果没有这么大的空间，琴声就不能舒展自如地飘散。"

"房间这样就能使用了。那个门是什么？"

"里面是卫生间。每个房间都配有浴室和洗手间。"

"简直和宾馆一样！"须田摇头赞叹，"应该让参加决赛的选手交点儿住宿费吧？"

"喂——"

"我开玩笑的，"须田急忙说，"这里有几个房间？"

"一共有八个房间，楼下还有一间管理员住的房间。"

"八间，那七个人住足够了，还剩一个房间是您要住吗？"

---

① 叠：指一张榻榻米的大小。以东京的榻榻米计算，为85厘米乘180厘米，约1.53平方米。

"那可不行。只有参加比赛的七个人住在这里,他们要在这里练习,然后参加决赛。"

"选手们好辛苦啊。"

"干这一行,只靠技术是不行的,还必须有坚强的意志力。"朝仓停顿一下,接着说:"该看的地方都看过了,不必每个房间都看一遍吧?"

"以后我慢慢再看,因为还得找木工来整修一下。"

"我也会好好想想还有什么需要补充的东西。选手们不是以学生的身份而是以竞争对手的身份来到这里,考虑到这一点,房间布置也要相应地适当改变。"

"说的也是。我只希望不要花费太多。"

"花点儿钱有什么关系!今年的《第九交响曲》,三场都将由我指挥。"

"真的吗?太好了,那肯定会场场满座!"须田立刻开始计算收益,"S座的……票价就定五千日元吧。"

"你定的票价可不要让贝多芬生气啊。"朝仓说。

两人走出房子,朝仓把大门锁上。

"这里究竟是什么地方?"

"我也不知道这里最早是干什么用的,"朝仓朝汽车走去,"好像经过几次转手,换过好几个主人。"

"我觉得这里能开旅馆。"须田说。

"事实上曾经做过旅馆,但是没能持久。"

"为什么?"

"这个……我是从管理员那里听说的……"朝仓说,"据说这里闹鬼。"

"那座房子里?"须田不由得停下脚步。

"不用担心,我在那里住了三年,连只耗子都没见过。"

"啊,吓我一跳,"须田摸摸胸口,放下心来,"我最怕鬼了。"

"这件事你可不能说出去,会吓坏大家的。"

"我明白,"须田关上车门,"求我说我也不会说。"

朝仓在汽车后座坐好,须田发动了引擎。

汽车开上林间小路。

"真不敢相信这里是东京。"

"唯有这里还留下一点儿武藏野①的风貌,"朝仓看着车外,"……内部装修能在十天内完成吗?"

"想办法赶工吧。"

"拜托你了,要是能尽快完工就好了……如果间隔太久,对选手们也不好。"

沉默了片刻,须田说:"谁的实力最强呢?"

"大家的实力都在伯仲之间。"

"好像很多人都看好樱井玛莉。"

"她呀……嗯,她的确很厉害。不过,比赛当天的状况常常

---

① 武藏野位于东京都中部,开发较早,有史前遗迹。

会影响选手的发挥。"

"'新作'是哪位作曲呢?"须田问。朝仓闻言表情一僵:"为什么问这个?"

"没什么……只是……如果是名家作曲,报酬就高了。"

"在比赛结束之前,作曲者的身份是绝对保密的,这一点,你应该很清楚。"

"是,我只是随口问一问罢了,"须田的笑容多少有点儿不自然,"……您现在是要回家吗?"

"嗯,开回去吧。"

不久,汽车开上了大路,车辆逐渐增多。

大约三十分钟后,汽车停在一栋宅邸前,大门上挂着"朝仓"的名牌。

"明天彩排之前,我先到你那里去一趟,你把计划准备好。"朝仓下车时说。

"知道了。"

须田向朝仓行了个礼,再次发动了车子。汽车很快融入车流之中。

朝仓打开大门,却先走向车库,他的宝马停在那里。朝仓似乎有急事般匆忙发动引擎。

驶过一个街角,须田驾驶的汽车出现在前方。宝马与它保持着几辆车的车距,一路跟踪……

2

"哦？有这种事啊？"片山义太郎从晴美手中接过第二碗饭。

"你说怎么办？我心里一直觉得很不安。"晴美严肃地追问哥哥。

"你问我，我也没办法啊……这又不是我一个人能决定的。"片山逃避似的说。他不仅仅对妹妹这样，对所有女性的追问，他都避之唯恐不及。

"哥哥总是这样，"晴美瞪了片山一眼，"你这么胆小怕事，是不会有出息的。"

"反正我只是一个基层刑警嘛。"片山义太郎满不在乎地说完，继续埋头猛吃。

"你是想说，处理已经发生的事件警察都忙不过来，所以不能抽出宝贵的警力去防范那些不知会不会发生的事件，对吧？"

"既然你都明白，就不用我多说了。"

"真是的……一点儿都帮不上忙！"晴美从片山面前的盘子里夹起最后一块生鱼片，喂给吃得正香的福尔摩斯，"来，这个给你。"

片山急得大叫:"喂,那是我留着最后吃的!"

可是,已经来不及了,福尔摩斯一口叼起生鱼片,津津有味地大嚼起来。

"福尔摩斯没分你一半?"晴美问。

"哼。"片山愤愤地噘起嘴巴,把茶水倒在碗里,拌着剩下的饭吃完。

正如之前介绍过的那样——片山义太郎年近三十,依然单身,在家里常常沦为妹妹晴美的捉弄对象。

他身材颀长,一副溜肩膀,总是傻乎乎的样子。如果容貌俊朗的话,也许有希望成为歌舞伎中的女形①。但他偏偏长了一张圆圆的娃娃脸,虽然看上去和善可亲,但是按照一般标准而言,实在称不上是美男子。

晴美常开玩笑说兄妹俩是"野兽与美女"的组合,不过,"野兽"这个称呼,安在心地善良的片山身上并不十分恰当。

顺便一提,这个家——位于某栋普通公寓楼的二层——其实有两位"美女":晴美和三色猫福尔摩斯。也许有人认为,应该说一位美女和一只猫比较妥当,但是,福尔摩斯神通广大,即使被当作"一个人"看待,也未尝不可。

可是,说不定福尔摩斯还会抗议说:"不要把我和愚蠢的人类相提并论。"

---

① 指歌舞伎中男性舞者模仿女性的角色。

福尔摩斯是一只雌性三色猫，年龄不详，不过从它光滑的皮毛、苗条结实的体形和敏捷的动作都可以看出，它还相当年轻。它的腹部呈白色，整个背部则黑褐相间，神情略显锐利，面孔白、褐、黑三色兼具。此外，它右前腿乌黑，左前腿雪白，连特殊的配色都在凸显着它的与众不同。

先吃完晚饭的福尔摩斯不停地舔前爪擦脸，片山看着"猫式洗脸"的动作，说："它是从哪里学会这种洗脸方式的啊？随时随地，想洗就洗，太方便了。"

"别把话题扯开。"晴美说。

"你还要继续说那件事啊？"

"没错。直觉告诉我，那项比赛很危险，一定会出事。"

"难道是某把小提琴不堪主人虐待而报复主人吗？"

"喂……人家是认真地在谈这件事！"

"算了吧！不要把那种电话放在心上，"片山安抚晴美，"一定是竞争对手的恶作剧。"

"因为哥哥没有听到电话里的声音，才会这样认为。那个声音真的充满恶意，我一听就能感觉到。"

"单凭你的感觉，你觉得搜查一课的刑警会出动追查吗？不要强人所难了，而且，你连那些女孩儿的住址都不知道吧。"

"那还不简单，打电话问问斯塔维茨小提琴比赛事务局就知道了，我这就去打电话。"

"等等。"片山连忙阻止。想到就要做到，晴美一向如此。

"放心好了,这么晚打电话也不会有人接。"

片山这才放心:"那就好……可是,我不认为课长会让我深入调查这件事。"

"那么,就在你不上班的时候,以个人身份去调查好了。晚上下班到第二天早上,这段时间足够了。"

"那我什么时候睡觉?"

"不要紧,我替你睡。"晴美一本正经地说。

"连调查对象的身份都不知道,怎么查?"

"我觉得当时在餐厅附近出现的那个中年女人很可疑……当时就应该去跟踪她的。"

"喂,拜托你不要唯恐天下不乱好不好?再遇到危险,我可不管。"片山一副不耐烦的样子。

晴美为了查案曾经好几次以身犯险,差点儿把小命丢了。有这种妹妹,当哥哥的不担心都难。

"不要紧,有福尔摩斯跟着我呢,对吧?"

福尔摩斯却假装没听到,径自走到房间角落,在坐垫上蜷成一团。

"哎呀,真没良心!"

"那种话要在给它喂食以前说才管用。"片山笑道。

"真的没办法吗?"晴美认真地说,"难得参加这么重要的比赛,你不希望她们平安无事地完成表演吗?"

"我理解你的心情……如果她们向警方请求保护,也许就能采取适当的措施。"片山说。

"那不行，必须在暗中保护！"

"在暗中保护？绝对不可能。"片山瞪大眼睛。

"如果让她们知道会有事情发生，心理上一定会受到影响，那样就不能充分发挥实力了。"

"这也太难了，不可能做到……"

片山说到一半，电话铃响了。晴美伸手正要拿起话筒，片山对她说："如果是根本先生打来的，就说我不舒服，已经睡了。"

晴美拿起话筒。

"喂，这是片山家——啊，是根本先生呀，我哥哥常受您照顾……您找我哥哥吗？他在我旁边让我告诉您，他不舒服，已经睡了。"

片山从晴美手中抢过话筒。

"啊，不好意思，我妹妹胡说八道……什么？我没说过那种话，是妹妹瞎编的……什么？杀人案？在哪里？知道了，我马上去。"片山神情紧张地放下话筒。

"谁叫你不答应我的请求。"晴美说。

"现在不是说这个的时候。"片山准备出门。

"怎么了？发生了什么特别的案子？"

"你担心的事情发生了。"

"什么？你是说……"

"参加决赛的一名选手被人用小提琴的琴弦勒死了。"

"天啊！"晴美惊叫，"福尔摩斯，快起来，出门了！"

"骗你的。"

晴美张牙舞爪地扑向片山。

"不要这样！喂，住手！"

被吵醒的福尔摩斯一脸厌烦地看着打打闹闹的兄妹俩，打了一个大哈欠，再次蜷缩成一团呼呼睡去。

"你怎么来得这么晚！喂，你脸上的伤是怎么回事？"

"没……没什么……"片山义太郎轻轻摸着脸上刺痛的伤口，"被猫抓的。"

"哦？"根本刑警似乎觉得很奇怪，问道："你家那只猫会抓人吗？是不是你偷吃猫粮被发现了？"

"怎么会有那种事！"

"算了，到这里来吧。"根本笑着催促片山。

凶案现场在新建住宅区外围的小树林里。从小区要走二十五分钟才能到达最近的车站，一般没人愿意住在这种小区。

尤其到了晚上，这里就像深山老林一样，漆黑一片，只能看到零星几处灯光。但是，如今这小树林的一角却灯火通明，许多人在那里忙个不停，看起来就像黑暗中的银幕上浮现的画面。

"真不容易，在这么隐蔽的地方也能发现尸体。"片山边走边说。

"大概是瞎猫碰上死耗子，"根本笑道，"夫妻吵架，妻子从家里跑出来，丈夫急忙在后面追，追来追去就跑到这片小树林里来了……"

"然后就发现了尸体……"

"是妻子发现的。两口子立刻忘了吵架的事，赶紧跑回家打电话报案。"

"算他们走运，说不定凶手就躲在附近。"

"这可说不准。看到尸体……"话说到一半，根本看到法医南田从树林里出来，就转而向南田问道："医生，有什么发现？"

"深夜把人从被窝里叫出来，还问得这么轻松，至少该带一瓶酒来犒劳犒劳我吧。"南田一脸困倦地抱怨。

"你信不信下次我把蓖麻油装在酒瓶里给你带来？死因是什么？"根本不理会南田那一套。

"死因是头部受到重击。凶器可能就是丢在旁边的扳手，砸烂死者面孔的大概也是这个东西。"

"砸烂面孔？"片山问。

"嗯，死相很惨。而且死者还被剥光衣服，所以想要确认死者身份，可不容易。"

片山脸色发白。他身为刑警却神经脆弱，看到血就会头晕目眩，光是想到死者血肉模糊的面孔，就快不行了。

"那个女人大概有四十五六岁吧，"南田说，"没有发现旧伤或手术疤痕之类的明显特征。"

"死亡时间呢?"根本问。

"大约六点钟左右。"

"嗯……还有其他发现吗?"

"目前就知道这么多啦。"南田和平常一样,用吊儿郎当的语气回答。

"可以搬走尸体了。"根本对其他工作人员说。很快,盖着白布的尸体被放在担架上抬了出来。片山拼命克制住闭眼的冲动。

"她的手……"南田像是在自言自语。

"手怎么了?"根本问。

"我好像在哪里见过这样的手。很像是某种人的手,但想不起来是哪种人。"

"手还有什么像不像的?"片山惊讶地问。

"你还年轻,当然不会懂得这些。其实没有什么比手更能代表一个人的了,男人的手、女人的手、老板的手、普通职员的手、女白领的手、主妇的手、母亲的手……都有非常微妙的差异。"

"原来如此。"片山来了兴趣,他轻轻抬起死者垂在担架外面的右手,可是无论怎么看,都看不出门道。

当片山正想把死者的手放回原处时,无意中发现那只手的侧面,也就是写字时压在下面的柔软部分,好像有文字的痕迹。

写完一行字再写下一行时，如果墨水未干，之前写的字便会像这样印在手掌边缘。当然，这与盖章不同，字迹没那么清楚，但是……片山凝神细看，依然可以勉强辨认出那似乎是几个片假名……第一个是"ス"吧？然后是"タ"，接下来是"ン"还是"ソ"呢？

　　不过，只有这几个片假名也无济于事，还是等查明她的身份再说吧。

　　尸体被运走了。举步要走的南田突然转过身来，得意地宣布："想起来了！那是厨师的手啊！"

　　"听说这里需要厨师，所以我就来了。"女人说。

　　"啊？"

　　女职员道原和代的办公桌上摆着一块写有"新东京爱乐乐团"的牌子。她正在思考晚上吃什么的时候，一个自称厨师的女人前来应聘，把她吓了一跳。

　　"听说斯塔维茨小提琴比赛正在招募厨师……所以我就来了。"女人又重复了一次。

　　"哦，对，"道原和代点点头，"请到那边稍等一下。"

　　道原和代指指另一张勉强塞进这个窄小房间的办公桌，桌子上竖着一个纸牌子，写着"斯塔维茨小提琴比赛"。"新东京爱乐乐团"的牌子很正规，塑料材质，上面刻着字。而小提琴比赛则是临时性的，只在厚纸板上用记号笔写了几个字充当招牌，而且那张办公桌前现在没有人。

"请问……负责人不在吗?"那个女人问。

"马上就来。"道原和代说。

"哦……"

道原和代把手头的工作——其实是十五分钟前才开始做的工作——胡乱收好,站起身向"斯塔维茨小提琴比赛"的办公桌走去,坐在椅子上。

"有什么事,请说吧。"

"哦……"那个女人似乎觉得很有趣,"原来都是你一个人负责呀。"

"是啊,应该雇一个临时工的,可是我们局长舍不得花钱……"道原忍不住开始抱怨,"让我干两个人的活,却只给一份薪水,太不公平了,是不是?"

这时,里面的门突然打开,一个戴眼镜的男人探出头:"道原小姐,刚才请你做的账目完成了吗?"

"是,我马上就做。"道原和代急忙回答。

"快点儿做啊!"男人哭丧着脸说,又看向那个女人,"这位客人有何贵干?"

"是这样……听说这里要招聘厨师,我……"

"哦,原来如此,不过……"男人欲言又止,转而说道,"我叫须田,是这里的局长。"

"哦,失礼了……我叫市村智子。"女人客气地鞠躬行礼。

"幸会。不过,我们昨天已经找到了合适的人。"须田为难地拍拍头。

"是这样啊,那我告辞了……"自称市村智子的女人好像立刻心领神会,"打扰各位了,十分抱歉。"说完准备离开。

"喂,请稍等。"须田叫住她,然后对道原说:"道原小姐,昨天的人怎么样了?不是说今天上午要过来吗?"

"嗯?"道原和代愣了一下,说,"哦……对了,她今天早晨打过电话。"

"有什么事吗?"

"她好像有什么难处,说不能来了。"

"这种事你怎么不早点儿告诉我!"

"我没告诉过你?"道原和代最擅长装糊涂。须田懒得责备她,转而对那个自称叫市村智子的女人说:"嗯……市村女士,对吧?事情您已经听到了,那么请到里面详谈吧。"

"好的。"

"道原小姐,请你倒杯茶。"须田交代了一句,然后和市村智子一起走进局长室,并随手关上门。

"请坐。"须田让市村智子坐在那张即使拍马屁也很难说是气派的沙发上。"请问,您有没有带简历?"

"带了。"市村智子从皮包里拿出一个信封交给须田。

这时候须田心里已暗暗决定录用这个女人了,对事事慎重的须田而言,这是很少见的。

根据简历，市村智子今年四十七岁。不过，她本人看起来顶多四十五，说四十岁也有人信。

她身材苗条匀称，脸形细长，一双水汪汪的眼睛顾盼生姿，是典型的日本美女。她身穿低调的灰色套装，但一眼就可看出是价值不菲的名牌，而且十分符合她的气质。她显然出身高贵，来头不小。

"冒昧地问一句，您为什么想来做这个工作……"须田含蓄地问。

"因为我先生去年去世了，独生女也出嫁了，家里只剩我一个人，整天无事可做。"

"原来如此，一定很寂寞吧。"

"终日无所事事也不是办法。后来我看到小提琴比赛招聘厨师的广告，虽然我并没有高超的厨艺，但非常喜欢下厨，所以我想也许可以胜任这份工作，多少为大家出一份力。"

"原来如此。非常感谢您有这份心意。"

"其实，我女儿也一直在学小提琴。她没有当职业音乐家的才能，不过，结婚之后有时也拉拉琴作为消遣。"

市村智子说话的时候，道原和代送来茶水。

"那我就不客气了，"市村智子喝了一口茶接着说，"因为女儿也学过琴，所以我希望能为那些年轻的小提琴家服务……"

"是的，我明白了，但这项工作并不轻松。有七名男女青年入围决赛，所以每天都要准备七人份的饭菜。"

"这我知道。"

"原本我想让那些选手也帮忙做点儿事,但是朝仓先生……您知道吧,就是指挥家朝仓宗和先生……他认为选手们必须在完全相同的环境下备战,所以一切都要为他们准备完善。"

"那是当然。如果让他们帮忙洗碗,万一手变粗糙或者受伤,事情就严重了,说不定还会影响到他们一生的事业。"

"是啊,朝仓先生也是这样说的。"须田苦笑。

"请不用担心。别看我已经不年轻,其实体力还是不错的。"

"这样啊……"须田干咳一声,"如果您能接受这份工作,我们万分感激。不过由于预算紧张,不能支付很高的酬劳,昨天那个人可能是不满意待遇,所以拒绝……"

"这一点您无须顾虑,"市村智子打断须田,"这是我自愿要求的,只要您录用我,我可以不要报酬。"

"不,那怎么行……"须田惊慌地说。

"我的经济条件很好,生活无忧,所以请把这部分预算用到其他方面吧。"市村智子微微一笑。

如此一来,须田再没有任何理由可以拒绝这个女人。

"那么,就按照您说的做了……不过,这样真的可以吗?"

"没问题。但是,我有一个请求。"

"请讲。"

"工作场所是什么样子呢?"

"哦,您是说那个要住一周的地方吗?那是一栋高大古老的房子,现在正在抓紧时间进行必要的内部整修。"

"原来是这样。我想先去看看厨房设备和料理台,不知道行不行?"

"哦,原来是这样,"须田点点头,"当然可以,不过现在很多木工正在工作,会很嘈杂。"

"没关系。能不能告诉我地址?我自己开车去。"

"好的,请稍等。"须田走到办公桌旁,在自己的名片后面很快画好简单的地图,递给市村智子。

"就在这里。您到那里后,把这张名片交给那边的负责人,说明来意,就能进去了。"

"非常感谢。"市村智子把名片收进皮包里,客气地道谢后走出局长室。

正悠闲地修剪指甲的道原和代见她走出来,立刻把指甲刀放进抽屉里。

市村智子对道原和代恭敬地行了一礼,告辞离去。

须田把市村智子送到门口,转身对道原和代说:"她无偿服务,太好了!我正为筹措资金头疼呢!"

"无偿服务?还有这种人?!"

居然有人只干活儿不拿钱,实在难以置信。

"我看还是回绝她吧。"

"为什么?这可是求之不得的好事啊!"

"就是因为太好了,所以不会有好事。当初我来这里工作的时候,你们开出的条件……"

须田急忙逃进局长室。

3

"玛莉,起床了!玛莉!"

樱井玛莉被一阵猛烈的摇晃吵醒,她揉着眼睛从床上坐起来。

"几点了?"

"五点半。"

"早晨吗?"

"当然是早晨,你让我从今天开始叫你早起的。"玛莉的母亲樱井充子用公式化的口气说:"好了,快起来吧!"说着还拍了一下手。

"昨晚两点才睡……"玛莉口齿不清地说完,打了一个大哈欠,又倒回床上。

"别赖床了!快起来!"充子毫不留情地拉起玛莉,开始动手脱她的睡衣。

"不要嘛,好冷!"

"去冲个澡就清醒了。"

玛莉只好认命地爬下床,哈欠连天地向浴室走去。

再怎么说，也不能第一天就五点半起床啊……应该第一天七点起床，第二天提前到六点半，然后六点……这样循序渐进才对。

"妈妈真是魔鬼长官。"玛莉走进浴室，又打了一个大哈欠。

她洗了个痛快的热水澡，试图把身上的黏腻和瞌睡虫一起冲走。

别人也会这么做吗？不会只有我一个人这样吧？真知子说她每天睡到中午才起来。

不过，母亲也说过："她是要让你放松警惕。"玛莉心想，对从小就在一起学小提琴的朋友也要时刻提防，未免太悲哀了。

充子一大早就把玛莉叫起来是因为决赛上午十一点开始，如果不改掉晚睡晚起的习惯，到了决赛那一天就不能头脑清醒地参加比赛。所以，一定要在比赛之前把生物钟调整到最佳状态。

母亲条理分明的解释颇具说服力，像玛莉这样性格散漫的人，唯有乖乖听话。

的确，在一次定胜负的决赛舞台上，任何琐碎的细节都可能影响发挥，光凭技术不能百分百获胜。

玛莉小时候的提琴老师原本是个很有潜力的小提琴家，可是她每次比赛都名列二三名，始终拿不到第一，原因就是她每逢决赛总会莫名其妙地发烧，因此无法充分发挥实力。

平时演奏得再好也没用，唯有在决赛那一刻表现出最高水准的人，才是最后的胜者。而且，某种程度上，也需要幸运女神的垂青，例如决赛当天指定的协奏曲曲目。

当然，大家会把所有可能的指定曲目全部练熟，但每个人的擅长和喜好毕竟各不相同，决赛时能否碰上自己拿手的，只能靠运气。

玛莉也比较反感比赛中的偶发因素，但是，一想到突破这一难关后将会得到的好处，她只能将这种矛盾的心情暂时抛开。

淋浴后，头脑清醒多了。

当玛莉走出浴室时，看到母亲充子已经为她准备好新的内衣和慢跑运动装。

玛莉换好衣服，吹干头发，然后走向餐厅。

"快点儿，已经六点多了。"充子一边催促，一边把鲜榨橙汁递给玛莉。

"才第一天，不要这么严格嘛！"玛莉喝着果汁。

"不行！正因为是第一天，更要严格执行。"

"遵命，遵命！"玛莉调皮地说，然后将果汁一饮而尽，"对了，爸爸呢？"

"学术会议要到明天才结束。"

"哦，我想起来了。"

玛莉的父亲是医科大学的教授，他去参加在京都举行的学术会议，这一周都不在家。

"快去吧。"

"好像很冷啊。"

"跑一跑就暖和了。"妈妈说得理所当然。

玛莉走到玄关,慢跑鞋已经摆在那里。

"给你毛巾。"

玛莉接过对跑步不会造成干扰的小毛巾,走出玄关。

"小心车。"充子叮嘱道。不过这里是住宅区,早晨六点时分,本来车就很少,而且玛莉是在步行道上跑步。

大门都已经打开,凡是和玛莉有关的事,充子丝毫不马虎。

在原地轻踏两三步后,玛莉开始向前跑。充子来到门口冲她喊:"刚开始不要跑太快。"

"知道了。"玛莉没有回头。又跑了几步,后面又传来母亲的声音:"小心野狗!"

玛莉都懒得回应了。

她穿梭在一栋栋住宅之间,在清晨宁静的步行道上慢跑。

空气微凉,天色阴暗,今天大概会是寒冷的一天。

跑了一段之后,她的身体逐渐发热,呼吸也急促起来。

她放慢步伐,速度介于慢跑与快走之间。被母亲从美梦中叫醒是件不愉快的事,但是跑着跑着又确实体会到晨间慢跑的快感。

也许有人疑惑小提琴比赛和慢跑究竟有何关系。其实,拉琴也是一种重体力劳动,体力是非常重要的因素。

和管弦乐团合作演奏协奏曲,需要消耗惊人的体力。尤其到了决赛，再加上独奏的指定曲目，大约要演奏两个小时以上，有时甚至会长达三个小时。

体力差的人只能勉强支撑到最后一曲，其结果必定是惨败。充子要玛莉晨间慢跑，就是为了训练她的体力。

前面是一个和缓的斜坡，今天希望可以一路跑上去。根据当天的情况，她有时是走上去的。

玛莉脚下加紧步伐，跑上坡道。跑到一半时，她渐感不支，但是决定咬牙坚持到最后。

"觉得痛苦到无法忍受时，已经完成一半路程了。"

这是玛莉上初中时母亲充子对她说过的话。充子年轻时也曾经梦想成为小提琴家，她性格刚强，决不服输，努力的劲头连男生都望尘莫及。后来她以第一名的成绩从音乐学院毕业，然而正当前途一片光明时，却在一次车祸中手臂骨折，无奈之下，只好放弃成为小提琴演奏家的理想。

当她住院治疗时，认识了年轻的主治医师樱井。

充子把未竟的理想全盘寄托在玛莉身上。玛莉三岁就开始学钢琴和小提琴，五岁时，每天的练琴时间长达五个小时。

玛莉长大以后回想起小时候练琴的情景，觉得自己能坚持下来实在不可思议。

玛莉的个性与母亲不同，她沉稳老实，也许正是因为这样的性格，她并没有觉得日复一日的练琴特别难熬。

这时，在距离玛莉大约一百米左右处，有一辆小汽车正在慢慢向她靠近。

"成功了!"

玛莉跑到坡顶,喘息着欢呼。她准备接下来走一小段。

前方拐过一个小弯,经过公园旁边。

路上已经出现较早出门的上班族,以及与玛丽打扮类似的晨跑者。

玛莉一面快步向前走,一面用毛巾擦脸。她比较容易出汗,这也是令充子担心的一件事。因为演奏时从额头流下来的汗水可能会流入眼中,引起刺痛。看到母亲忧心忡忡的样子,玛莉打趣道:"那我在眼皮上装个帽檐吧!"

小汽车行驶到坡顶后稍微提速,不过仍然距离玛莉五十米左右。

有时候玛莉感到迷茫,虽然清楚自己努力的方向,却不知道那到底是自己的梦想还是母亲的梦想。

玛莉一直对母亲言听计从,按照母亲的安排努力练琴。玛莉虽然很喜欢拉琴,做梦也没想过要放弃小提琴,但是,在音乐大赛这件事情上,母亲显然比她更上心。玛莉缺乏竞争意识,这一点让母亲既生气又无奈。

"独生子女就是娇生惯养。"这是充子的口头禅。其实如果玛莉不是独生女,充子也没办法把全部精力都放在女儿身上。

玛莉走进公园,小汽车也跟着停下来。

与其说是公园,不如说是一个小水池,池边环绕着一条小路。玛莉慢悠悠地走了一圈。

母亲现在一定边看表边着急吧！想到母亲的样子，玛莉就觉得好笑。她曾经开玩笑似的对母亲说："干脆咱们一起跑算了。"

老实说，玛莉并不讨厌慢跑，虽然慢跑也是母亲的训练课程之一，但是能够暂时脱离母亲的控制，这让玛莉十分开心。

玛莉走出公园，又开始慢跑。

她以马拉松式的速度向前奔跑，冷风吹拂着脸颊，带来畅快的刺激。

小汽车也开动了。这里是单行道，两侧都是高墙。这条路没有区分步行道与车道，于是玛莉尽量靠右边跑。

小汽车稍微加快速度，缩短了和玛莉的距离。有几个穿着校服的初中男生从前面转角处打打闹闹地走过来。

汽车减速，悄然停下。

"美女，加油啊！"

"身材够正点！"

玛莉不理会男生们的搭讪，加快脚步，转过路口。

玛莉没有男朋友，应该说，她根本没有谈恋爱的时间。练琴，不停地练琴，母亲规定的作息表中只有练琴和调整体能这两项。

入围决赛后，母亲提供资金，给她短暂的时间去自由玩乐。但是，对于一个从不曾自由玩耍的女生来说，玛莉只会上街购物，或与朋友去看场电影而已。

真是毫无浪漫情调的生活啊！玛莉常和真知子等人互相打趣。

年龄相仿的朋友中，有人已经订婚，和未婚夫一起去婚前旅行了。也有某些人花名在外，常常脚踩多只船。即使没到那种程度，多数学生也都有一两个异性朋友。可是，充子却说："那些都是别人的烟幕弹，想让你大意轻敌罢了。"

不可能每个人都是这样吧。并不是每个人都像充子那样把小提琴视为生活的全部。

玛莉已经二十一岁了，有时也有人向她父亲提亲，当然，全被充子回绝了。最近，父亲也不再提及女儿的婚事了，尤其是他知道充子对玛莉这次参赛期望很高，因此他似乎认为一切等比赛结束之后再说比较好。

玛莉本身对结婚或相亲之事没什么兴趣。如果她说小提琴就是恋人，充子一定会大喜过望。但她就是不想看到母亲高兴的样子，所以一直没把这句话说出口。其实在她心里的确有这种感觉。

"啊——"玛莉停下来，鞋里好像进了沙子。

她左右看看，走上一处住宅门前的阶梯，坐下，脱下慢跑鞋。

就在这时，对面的门打开了，一个人走出来。玛莉抬头一看，微微一惊，那位年轻女性穿着和玛莉同款的慢跑装。

也难怪，这个品牌的慢跑装非常畅销，可是……对方也注意到了玛莉，她应该是家庭主妇吧，不过，她还相当年轻。

双方尴尬地笑笑，然后那位女子举步起跑，渐渐从玛莉的视野中消失。

玛莉心想，还是等一会儿再跑吧，撞衫这种事多少有些难为情的。她穿好慢跑鞋，叹了口气。

一辆小汽车从面前开过，玛莉突然有几分担心，那个女子会注意到后面有车吗？不过，这条路并不算太窄，应该可以避开。

"该出发了。"玛莉站起来，拍拍身上的土，回到大路上。

玛莉上路之后，奇怪地发现方才那辆小汽车已经没影了。开得太快了吧！

她又跑了几步，看到和她相同装扮的女子倚靠在路边的墙上。

怎么回事，不会到这儿就累了吧？玛莉加快脚步。

那个女子突然像支撑不住似的蹲下去，好像出事了！

"不要紧吧？"玛莉话一出口就倒吸一口凉气。

只见那个女子的左臂已经染成红色，手臂中间有一道被利器划开的伤口，鲜血正不停地流出。

"振作点儿！我马上叫救护车！"

玛莉冲向最近一户人家门前，拼命按门铃。

4

"课长在干什么?"根本刑警问片山。

这是警视厅调查一课的早晨。

那具身份不明的女尸已经送去验尸解剖,刑警们正在等检验结果。片山昨天一直在案发现场附近查访,到现在还觉得两腿酸痛。才奔波一天就叫苦连连,是没办法好好当刑警的。

又不是我想干!片山瞪着栗原课长。辞呈早就交了上去,可是领导压根儿不予理会。

栗原课长表情深沉地闭着双眼。不过,他生就一张娃娃脸,就算摆出深沉的样子,也没什么威慑力。

作为搜查一课课长,他的办案能力是警局同仁一致认可的。不过,他有个让大家头疼的毛病,就是忘性太好而记性太差。

"哦,他用耳机听什么呢?"片山说。

"原来是耳机,就是那个叫随身听的东西吧?我还以为他装了助听器呢!"根本说话也够辛辣。

"咦?"

片山突然双目圆睁,原来栗原课长突然拿起桌上的圆珠笔在空中左右挥舞，嘴里还念念有词。

"课长是不是疯了？"根本很认真地说。

"哦，我明白了……他在模仿指挥家啊。"

"什么？哦，他在听古典音乐？"

"应该是，没听说过浪花调①还需要指挥。"

大概是听到了旋律激昂的段落，栗原课长双手摆动的幅度越来越大，活像一对特大号的雨刷。

"想擦鞋的人现在去找课长正合适。"根本信口吐槽，反正课长也听不到。

这时，栗原挥动的手突然把桌上的茶杯打翻在地，发出清脆的碎裂声。

课长这才如梦方醒一般，急忙取下耳机，面不改色地继续批阅桌上的文件。

"这才叫处变不惊啊，不愧是领导！"根本假装佩服地摇晃着脑袋。

女秘书收拾茶杯碎片时，栗原课长桌上的电话响了。

"我是栗原……来了？请他到会客室。"

不管来客是谁，只要栗原认为会打扰他工作，就会毫不客气地下逐客令。可是今天，栗原却满脸紧张。他整整领带，干咳一声，举步走向会客室。

---

① 浪花调是日本民间说唱故事的一种形式。

"是哪国元首来了吗？"根本惊奇地问。

"是朝仓宗和来了。"正在收拾茶杯碎片的秘书说。

"谁？"根本似乎从未听说过这个名字。

"你不知道？他可是很有名的指挥家啊。"

"是吗？你的见识真广啊。"

"我也是刚才听课长说的。"女秘书吐吐舌头。

朝仓宗和——片山对这个名字有点印象。他倒不是对古典音乐有多了解，只不过妹妹晴美偶尔会听一些人们耳熟能详的曲目，他顺便知道的。

朝仓宗和年纪已经相当大了，他是少数在国外也享有盛誉的日本指挥家之一。

"啊，对了，是他呀。"片山自言自语道。怪不得他觉得最近好像在哪里听说过这个名字，朝仓宗和就是让晴美坐立不安的小提琴大赛的主办人啊。

可是，这位朝仓先生到警视厅搜查一课有何贵干？

"课长今天好奇怪啊，"女秘书笑着说，"他突然让我在会客室里挂上贝多芬的照片，还要放一台录音机，说是等朝仓先生来了之后要用……"

"课长是想改行当指挥吗？"根本点起一支烟，乐不可支，"对了，片山，你不是说那个女人手上有字吗？查到什么没有？"

"啊？哦，你说那个呀。我只能认出'スタ'，接下来是'ン'还是'ソ'就不知道了……"

"是'スタソ'吗？有可能是'スタン'吧，比如スタンド(看台)或スタンプ(邮戳)……"

"可是，只知道这些还是不能说明问题啊。"

"如果能够查出死者的身份，也许会有用。"

对了，那个比赛就叫"斯塔维茨(スタンウイッツ)小提琴大赛"！含有这几个假名的单词真的很多……

"昨天早晨，一位慢跑的女性被割伤手臂，这件事你知道吧？"朝仓说。

"是的，我当然知道。"

"听说现在还没有发现行凶者的线索……"

"是的，小汽车经过那位女性身旁时，车里的人伸出拿着刀片的手，割伤了她的左臂……真是不幸！"

"听说有一位女性报警。"

"是的，她跑在被害人后面。遗憾的是，她没记住车牌号码。至于车型，女性对这方面一般都不太了解。关于这个事件，您有什么线索吗？"

"其实，凶手的真正目标是樱井玛莉，也就是那位报警的女子。"

听了朝仓的话，栗原愕然。

"……您肯定吗？"

"受害人只是不幸碰巧穿着和樱井玛莉同样的运动服，并且在樱井玛莉休息时跑上大路而已。车上的凶手只看到背影，而且车子正好刚刚转弯，所以凶手没有发觉是不同的人。"

栗原沉思片刻。

"这样说来，那位樱井……玛莉小姐，为什么会被凶手盯上呢？"

"她是入围斯塔维茨小提琴大赛决赛的选手之一。"

"原来如此……"栗原点点头，慢条斯理地说，"那个比赛是您主办的，对吧？"

"是的。樱井玛莉是个心无城府的姑娘，从不会胡乱猜疑，这是她的母亲听说这件事后推测出来的。"

"然后，她去找您……"

"她来找我，请求我设法保护她女儿的安全。事情演变成这样，我也深感遗憾。万一樱井玛莉真的受重伤，就一辈子不能拉琴了。"

"这么说来，您认为是不希望樱井玛莉在比赛中获胜的人干的，对吗？"

"虽然这样说太武断，但并非没有可能。"

"那么，就是参加决赛的某一个人……"

"我不愿意那样想，但不能排除这种可能，"朝仓接着说，"当然，也许另外有人嫉妒她的才华，又或者是出于其他原因。"

"比如，恋爱方面……"

"那是不可能的，"朝仓微笑道，"她的母亲非常严格，不会让女儿有空谈情说爱的。"

"哦，这么说来，还是和音乐有关……"

"也许凶嫌本身和音乐无关，但是父母、教师里也有人对音乐比赛怀有执念。"

"照您这么说，凶嫌的范围太大了。"

"请不要误会，"朝仓说，"我来此的目的并非帮助警方调查，你们是专家，抓凶手是你们的事。我来是希望你们能派人保护参加决赛的选手。"

"这个……好吧。警视总监特地打电话给我，我还以为有什么危险的任务呢。"

"我知道这不属于你们的责任范围，可是对选手们而言，这是关系到职业生涯的关键机会，我不希望因为某个偏激分子而失去一位有才能的艺术家。"朝仓的话语掷地有声，浑厚的男中音在房间发出共鸣。

"我明白了。我们必须得到总监的同意，但是我会尽量争取，努力配合你们的要求。"

"太好了！"朝仓松了口气。

"……有几个人入围决赛？"

"七个人，可是不必分别派人保护每个人。三天以后，他们就要集中在一个地方生活。"

"哦？"

"我们将把新曲的乐谱分给选手,一周之内,他们必须在指定的地方生活,不仅不能外出,电话和通信也一概禁止。"

"好严格啊。"栗原瞪大眼睛。

"我所担心的就是这一周。指定地点是郊外树林中的一栋房屋,现在正在整修中。选手们将在那里与世隔绝七天——如果有人想伤害其中一人……"

"或者,其中一人想伤害另一人……"

"没错。在那个封闭的空间里,谁也无法预料会发生什么事,"朝仓点点头,"选手们都很年轻,被关在一个地方长达一周之久,和外界又不能联络,精神脆弱的人很容易崩溃。"

"必须做到这种程度吗?"

"这样做完全是为了他们,"朝仓说,"专业演奏家是非常辛苦的,必须随时绷紧神经,一刻不得放松。如果连一周的压力都无法忍受,根本无法成为职业演奏家,充其量,也就只能当个学校音乐老师吧……"

"原来如此,看来意志力也是比赛的要素之一。"

"是的。"

"那么,在这一周的时间里,警察要进驻那个地方保护大家,对吧?"

"穿着制服的警察在那里进出会很麻烦。正常状态下的压力姑且不论,如果是异常事态给她们带来不必要的压力,就是我们的责任了。所以,要是能够派便衣刑警,那就太好了。"

"刑警嘛……"栗原面露难色,现在正值案件高发期,大家都很忙碌,根本就没有多余的人手。

"最好是那种不太起眼的人,"朝仓无视栗原的迟疑,继续提条件,"这个人在不在场都不会引人注目……但是,必须精明干练。"

"哦,这样啊。"栗原点点头。事到如今,对方说什么一概答应就是,反正没有完全符合条件的人。

"除此之外,还有什么要求?比如多少有些音乐素养之类的?"

"不!正好相反!"朝仓立刻否决,"因为按照规定,选手们对新曲目的阐释绝不能得到他人的指点。如果派一个懂音乐的人去,说不定他会对新曲目发表某种意见,比如这里可以加快节奏,那里可以更舒缓等等,那样就违反了规定。所以最重要的一点是,派去的刑警必须对音乐一窍不通。"

"哦,就是说那人不能有绝对的音感,而是要有绝对的钝感,对吧?"

"正是。比如提到贝多芬时,只知道《第五交响曲》开篇的当当当当——这样的人最好。"

"原来如此。"

栗原心底涌起阵阵绝望。这是他所尊敬的朝仓宗和的请求,如果满足大师的要求,也许他一高兴,年底会送来一张《第九交响曲》演奏会的招待券。这样就可以节省五千日元,省下来的五千日元可以买威士忌……不不,想太远了。

"对了，还要补充一点……"朝仓说，"参加决赛的人精神非常紧张，而且越临近决赛越紧张，有些女生甚至会紧张到歇斯底里的程度，所以我希望派来的刑警是个温柔体贴、懂得体恤他人心情的人。"

"好的。"栗原唯命是从。

"还有一件事：我想派去的那位刑警一定是男性吧，而参加决赛的七个人中有四个是女性，而且都是音乐学院的本科生或研究生。"

"哦。"

"如果她们和刑警先生之间……发生那个……就不好了。"

"我的手下绝不会做出那种卑劣的行径！"栗原说着来气了。

"不，我不是这个意思……"朝仓摇头道，"我是说，她们也有可能会主动对刑警先生出手。"

"不会吧！"栗原目瞪口呆。

"人们在过度紧张时，往往会寻找途径发泄。处于特殊心理状态下的女人主动向身边男士投怀送抱的事情，过去也曾发生过。现在只能派出男性刑警，因此，我希望这个刑警能够抵挡住各种诱惑。嗯，以上就是我的要求。"

栗原忍不住叹息。真有这种人吗？存在感弱，本领高强，不懂音乐，温柔体贴，还要坐怀不乱。

无论电脑科技多么发达，如果把朝仓先生提出的全部条件输进去，电脑一定会立即弹出"没有匹配项"，说不定还会嘲讽人类"开什么国际玩笑"？

"怎么样，有没有合适的人选呢？"朝仓问。

"这个嘛……"栗原沉吟片刻，突然灵光一现，"对啊，那小子最适合！"

"想起什么人了？"

"是，有一个人非常适合，既不起眼又不懂音乐，而且还有女性恐惧症。"

"好，就是他了！"朝仓双眼放光，声音提高了八度，室内的空气好像都随之簌簌震动起来。

"是……"

现在唯一的问题在于这个人是否"能干"……可是，栗原实在不忍心让朝仓宗和失望。

"明白了，这事包在我身上，"栗原点点头，"不过，我有一个请求……"

"什么事？"

"可以让那个刑警带一只猫去吗？"

"这么说，哥哥要去保护参加斯塔维茨小提琴大赛决赛的选手？"

"是啊，"片山得意扬扬地宣布，"课长说了，这种精细的工作，只有我能胜任。"

"哦……"晴美仍然感到不解,"可是,为什么连福尔摩斯也要带去呢?"

"谁知道啊。反正又不是三味线①比赛,没关系啦。"片山漫不经心地说着俏皮话。"再来一碗饭!"他把空碗递给晴美。

"不过,真是太好了,这样你就可以保护樱井玛莉小姐了。"

"不光保护她一个人。"

"我知道。不过,她的确是凶手的目标啊!"晴美自信地说,"如果早听我的话,那个划伤别人手臂的凶手说不定早就抓到了。"

"现在说这些有什么用!"片山把茶水倒在饭上,"我可以到那边好好休息一周了。"

"别不当回事!"晴美瞪了哥哥一眼,"你肩负的责任很重大,明白吗?"

"当然明白,好歹我也是个刑警。"

"哎哟,这话我可是第一次听到,"晴美转过头对正在吃饭的福尔摩斯说,"一切全靠你了,福尔摩斯。"

福尔摩斯耳朵微动了一下,接着又泰然自若地继续吃饭。

"还有两天吧?"晴美说,"这段时间怎么办?"

---

① 三味线是日本的拨弦乐器,过去制造三味线时要在琴筒上贴猫皮或狗皮。

"嗯，听说这两天由当地警署派人保护。"

"是一直跟在樱井玛莉身边吗？"

"不是只保护樱井玛莉一个人，七个人都要保护。"

"为什么？"

"因为其他选手的父母提出抗议，说只保护一个人不公平。"

"可是，凶手盯上的只有玛莉小姐呀！"

"大家都坚持自己的孩子最有希望获胜，所以是最危险的。"片山义太郎答道。

"还有这种事！"晴美笑着说，"好像不被凶手盯上就丢人似的！"

"事关自尊，很难解释。"片山摆出一副很了解人性的样子。

"今天休息一天有什么关系？"玛莉烦躁地说。

"不行！"母亲充子十分坚持。

"一天没有慢跑也不会怎么样，"玛莉极力抗争，"而且以后有一周时间都不能外出，当然更不能慢跑。"

"可以在房里跑。"

"在走廊上跑吗？别开玩笑了，人家会笑话我。"

"笑到最后才是关键，别人想笑就随他们笑吧！"

充子制定的计划绝不容任何更改。玛莉无可奈何地叹了口气:"知道了,今天早上也是警车开路吗?真没面子!"

"今天还没来。真是的,不早点儿来,就会影响我们的计划安排了。"

充子正抱怨的时候,门铃响了。

"来了!来了!"两人走到玄关。

门外传来一个洪亮的声音:"我是目黑警署派来的!"

玛莉觉得这个人的声音有些耳熟。

"请出示证件。"充子隔着大门说。

玛莉羞愧得满脸通红。充子从猫眼向外张望了一下,这才放心地取下链子锁,打开大门。

"早安。"

玛莉大吃一惊,站在面前的是一个身穿慢跑装的大块头男人。

"哎呀,这是什么打扮?"充子惊异万分。

"为了在突发危机中保护玛莉小姐,最好的办法就是陪她一起跑。"刑警说。

"你……是石津先生吧?"玛莉说。

"是啊,上一次我们见过面,"石津躬身致意,"小姐,你准备好了吗?"

趁充子还在莫名其妙,玛莉赶紧跑出门外,石津立刻跟在她身后。

"原来如此,是片山先生担任保镖啊。"石津边跑边说。

"给你们添麻烦了,真不好意思。我妈太大惊小怪了……"

"不,片山先生一定很高兴。"

"是吗?"

"因为他一听到杀人案就会当场昏倒。"石津忍不住夸大其词。

"片山先生就是上次替我接电话的那位小姐的哥哥吧?"

"是的,虽然他比妹妹差远了,不过倒是个好人。"

"片山先生一定是个很有趣的人。"玛莉笑着说。

"算是吧——而且他这个人做事一板一眼,就更有趣了。"

"他现在八成在打喷嚏吧。"

两个人跑上平缓的斜坡。

"请问,决赛是什么时候?"石津问。

"一周后。"

"训练很艰苦吧?"

"没办法。就是为了在决赛中获胜,才每天这样努力。"

"决赛是多少米?"

"啊?"

"一定是长距离吧,"石津接着又问,"上次你好像还带着小提琴,所以决赛时也要拉小提琴吗?"

玛莉一时无语。她想了想才说:"多少要拉一点儿的……"说完,她拼命忍住笑意。

两人并肩跑过斜坡,经过公园旁边。

"那起事件就发生这个拐弯处,"玛莉说,"如果凶手的目标真的是我,那实在太对不起伤者了……"

"又不是你害的。这个社会上有很多怪人。"

怪人……玛莉想,在旁人眼里,我们也算是怪人吧。

把全部人生赌在小提琴上,为了在那一天的比赛中击败他人获得优胜,日复一日辛苦练习……玛莉实在不愿承认有人竟会为了取胜不惜蓄意伤害竞争对手。这种人也许就在决赛选手之中,更有可能潜伏在他们的父母或教师之中。对那些人来说,贝多芬和莫扎特又有什么意义!

只不过是争取优胜的手段罢了……

伤者鲜血淋漓的手臂一直在玛莉脑海里挥之不去,她甚至突然开始怀疑人生:大家为什么非要拼个你死我活才肯罢休?音乐原本不是带给人们欢乐和喜悦的存在嘛!

即便如此,玛莉并没有拒绝参赛的想法。就算为了母亲,她也必须尽全力备战。但是她不由得想到,要是没有那只暗中潜伏的黑手,该有多好啊!

5

"玛莉,时间到了,"充子边喊边走进房间,吓了一跳,"你起床了呀……"玛莉已经收拾停当,坐在书桌前。

"早安,"玛莉微笑道,"我也多少有点儿紧张呢。"

"可是……还有一个星期呀。现在就这么紧张,以后怎么办?"

"妈妈的要求实在很矛盾,"玛莉笑着说,"我还以为您肯定会让我每天早起呢……"

"先不说这个……"充子岔开话题,接着又担心地问,"你的身体状况如何?"

"很好,没有任何异状。"

"接你的车是十点钟左右来吧?"

"应该是。"

"行李箱呢?"

"昨天您不是拿到楼下去了吗?"

"哦,我忘了。"

"真是的,妈妈简直比我还紧张。"玛莉笑笑。

"快把小提琴拿好,吃完早餐才能走。"

"妈,我又不是要到国外去。"玛莉说着,起身向楼下走。

"到国外去还能打电话,你们这一个星期连电话都不能打……玛莉,你一定要尽全力表现!"

"我豁出去了!"玛莉走到楼下,看到行李箱,"哇!谁会带那么大的箱子啊!"

"里面没有一件多余的东西,"充子一边给玛莉倒咖啡一边说,"换洗衣服、毛巾、洗漱用具、化妆品,还有……生理期没问题吧?"

"嗯,正好错过了。"

"可是,情绪紧张时可能会打乱周期,我看你还是带上生理用品吧!"

"那您帮我放进去吧。"玛莉看着充子跑上跑下为她准备东西。本来她可以自己做这些事,但是如果让母亲帮忙,母亲会更高兴。

决战前的一周正式开始。

玛莉慢条斯理地喝着咖啡,紧张感渐渐充满全身。玛莉曾多次参加比赛,她并不讨厌决赛当天肾上腺素飙高的感觉。

倒不如说,生来散漫随心的玛莉觉得,偶尔体验一回这种刺激也很不错。

但是,只有这次比赛,她无法坦然。紧张感将会持续一周,玛莉简直不敢想象会发生什么状况……

"那孩子还在练吗?"父亲担心地问。

"是啊,"母亲也担心地看看表,然后站起身,"我去叫她。"

"该带的东西别忘记,要留出一点儿宽裕的时间。"

植田克洋是T音乐学院的教授,女儿真知子这次一举入围决赛,令他在大学同事中间很有面子。如果女儿能夺冠,那就更棒了。他期盼女儿拿到第一名。

"真知子一定行,绝对没问题……"植田喃喃自语。事实上,真知子也确实拥有夺冠的实力。

但是,真知子唯一的问题在于对新曲的诠释。真知子并不擅长演奏陌生曲目,虽然她可以照谱流畅地演奏下来,然而,迅速把握乐曲整体风格的能力还稍有欠缺。

如果能事先知道是什么乐曲,植田就能给女儿一些建议。不,哪怕只知道作曲者是谁,也可以猜到乐曲的风格倾向。

植田也曾拐弯抹角地向音乐圈的熟人及作曲家打探消息,却一无所获。这种情况是前所未见的,于是,植田只好默默祈祷新曲不会特别深奥。

植田路子走到地下室。

真知子正在MMO[①]唱片的伴奏下,演奏门德尔松的协奏曲第

---

① Music Minus One 的缩写,指缺少主音部分的音乐,是乐器演奏者在一个人的时候,进行练习或者演奏时所使用的伴奏音乐。

三乐章。

曲子已经进入尾声，路子一言不发地站在一旁等待。

"原来妈妈来了。"一曲终了，真知子才注意到母亲。

"状态不错嘛。"路子微笑道。

"马马虎虎吧。"

"时间快到了，准备出发吧。"

"知道了。"真知子扶扶眼镜，放松琴弦，把小提琴收进琴盒里。

"以练习时间来说，没人能超过你。"路子说。

"关键是决赛那天的发挥。"

"话是不错，但是练习越多，信心越强。"

路子边说边环顾地下室。地下室约十二叠大，没有窗户，完全是为真知子练琴而建造的。

任何人，包括真知子的至交好友，都不知道这个地下室的存在。

真知子上初中时，路子说服丈夫建造了这个练琴室。当时她提出的理由是怕女儿练琴吵到邻居，不过，这并非修建琴室的真正原因。路子只是不想让别人知道女儿花了多少时间练琴。

"令爱一定经常练琴吧？"

"没有，她根本不练……"

大家都知道这种俗套的客气话不能当真，学琴的孩子哪个不是从小就要每天苦练数小时。然而，唯有真知子好像"真的"没有练习，因为从来没有人听到她家传出小提琴声。

虽然"不练琴"，真知子却经常名列前茅，其他父母都心里纳闷。

事实上，在这个完全隔音的地下室里，真知子每天比其他同学多花一倍时间练琴。

"不知道那边的练琴房是什么样子的。"路子一面从地下室往上走，一面说。

"不清楚。听说都是单人间，每个房间的大门都装有隔音设备。"真知子回答。

"如果是这样……"

"不行，"真知子笑道，"大家都在拼命努力，那种小花招不管用的。"

"你不懂！"路子说，"正因为大家都紧张到极点，所以对任何小事都会很敏感，反而会更有效。"

"真的？"

"真的。你要故意和别人错开练琴时间，装出不太练琴的样子。"

"我尽量吧。"真知子似乎不太起劲。

母女二人走进客厅，父亲局促不安地坐在那里。

"准备好了吗？"

"嗯，没问题了。"

"加油！决赛时我会去的。"

"如果你之前好好打听，真知子就一定能获胜。"路子埋怨丈夫。

"这不能怪我啊。各种门路都用尽了，还是打听不出新曲目是什么，可见这次是起用了无名作曲家。"植田沉下脸。

"没事啦。"真知子打着哈欠说。

"什么没事！"路子眉头紧皱，"决赛时得不了第一怎么办！"

"好了，我会赢的。"

"真知子，你一定要赢啊！只要你赢下决赛，就算要去维也纳，我们也会让你去的。"

"我想去其他地方。"

"哪里？巴黎？还是伦敦？"

"迪斯尼乐园，"真知子接着说，"好了，我准备走了。"

七点整，大久保靖人准时从睡梦中醒来。在他睁开眼睛的同时，闹钟也响了。每天都是如此。

他立刻伸手按停闹铃。

这种六叠大的廉价公寓隔音很差，不能让闹钟吵醒邻居。

"终于等到了这一天……"

大久保靖人从床上起身，自言自语道。他也搞不清楚自己究竟是不是紧张——也许这正是紧张的证据吧。

如果能保持平常心，和往常一样生活，那就最理想不过了。

他迅速洗脸、铺床。一周不在家,也该稍作打扫。

但是,现在才七点,如果用吸尘器,一定会吵到还在睡梦中的左邻右舍。九点有车来接他,所以他打算先简单吃点儿早餐再打扫房间。

大久保靖人拿起钱包走出公寓。他的房间在二楼,走下吱呀作响的楼梯,五分钟后,他来到一家咖啡厅。这家店从早上七点开始营业,为上班族供应早点。

"早安。"熟悉的女店员送来一杯水。

"我要离开一周。"大久保靖人说。

"去旅行吗?"

"差不多。"

"当学生真幸福啊。"

大久保靖人啜饮着美式咖啡。在接下来的一周里,七个年轻人要为决赛展开激烈竞争。但是,大久保想,这七个人之中,自力更生地赚取生活费和学费的,大概只有我一个吧。

在预赛时碰到的选手都是出身名门的少爷、千金,他们毫无顾忌地聊天、大声说笑,自由自在地演奏小提琴。

那些人从来没有过一面拉琴一面担心邻居白眼的经历吧。他们用父母出钱购买的昂贵的小提琴,演奏着在贫困中死去的天才音乐家们的作品,这不公平!不过,那些富家子弟里也不乏真正的天才,这一点,他亦心知肚明。

大久保告诫自己,不要想别人的事了,他们是他们,我是我,在这一周里,最大的对手就是自己。

对大久保靖人而言,这是最后的机会——他家没有余力继续资助儿子成为音乐家。

他是长子,有义务照顾父母,如果在这次比赛中失败,他决心就此放弃小提琴。

大久保边吃面包边想,下一次再到这家店时,自己的命运已经决定了。

然而,奇怪的是,他并没有太多感慨。回想起来,过去的每一天,自己都在与生活、与命运进行抗争啊。

"你怎么了?"女店员问。

"啊?"大久保抬起头。

"你一副心事重重的样子,不会是打算自杀吧?"

"你明白了吧。"

电话那头传来的男人声音异常冷酷,让人无从反抗。

"是,我明白了。"女人回答。

"这件事如果走漏风声,你和我都完了。"

"是。"

"你就装作什么事都不知道,什么事都没发生过……"

"我知道了。"

"好。"

沉默片刻之后,女人又说:"那么,再见……"

"好，我们在那边见。"

电话挂断了。

女人拿着话筒愣了半天，然后慢慢把话筒放回原处。电话机发出叮的一声轻响，几乎使她的心脏不胜负荷。

"车来了！"母亲召唤道。

樱井玛莉应声起身。她走到门口，看到外面停着一辆面包车。

"我走了。"

"保重身体。咦——怎么会派一辆面包车过来，应该派小轿车啊！"

"妈妈不要挑三拣四了，多难为情。"玛莉笑道。

"这是行李箱。"

"好的。"

司机下车帮忙把行李箱放到车上。

"别忘了带小提琴。"

"怎么会忘记小提琴啊！"好丢人，玛莉羞得满脸通红。

"早安。"从面包车中探头出来打招呼的是朝仓宗和。

"啊，是朝仓先生，早安。"玛莉急忙行礼。

"令爱就交给我吧，请放心。"朝仓微笑道。

"一切拜托您了。"母亲深深鞠躬。

"妈，再见。"玛莉说着登上面包车。

"玛莉!"真知子在后面的座位向玛莉招手。

"真知子!"玛莉仿佛得救般坐到真知子身旁。

面包车开动了。

"我带了好多东西,"玛莉不好意思地说,"你看到我那个超大号的行李箱了吧?"

"不过,你只有那一个箱子吧?"真知子似乎一点儿也不惊讶,"我带了两个那么大的箱子呢!"玛莉惊奇得瞪圆双眼。

"各位早安,"坐在前排的朝仓站起来,手扶椅背开始讲话,"接下来的这一周,对你们每个人都很关键,具体事宜等到达目的地之后再作说明。总之,我希望你们以参加合宿的心情,轻松愉快地生活。当然,我也知道这很难做到,毕竟不是去度假。"

玛莉悄悄打量车里的情形,一、二、三……七个人都到齐了,其中也有在其他比赛中见过的熟悉面孔。大家都装出毫不在意的样子,生硬地彼此点头致意。

"刚才上车的这一位是樱井玛莉小姐。现在参加决赛的七个人已经全部到齐,"朝仓说,"不过,还有一个人要和各位一起搭车前往那里。也许你们已经知道了,这个人是警视厅派来保护各位安全的刑警。"

"不知道是个什么样的人,好期待啊。"真知子对玛莉耳语。

"听说是个很有趣的人。"

"男人有趣不如长得帅。"

"真知子,你呀!"

两个人偷偷笑成一团。

说实话,玛莉和真知子并没有那么亲密。真知子总是在自己周围竖起一道令人难以接近的铜墙铁壁,据说她没有一个可以交心的好朋友。不过,在目前的情况下,她们彼此是最值得信赖的人。

"虽然他是刑警,但是他的目的并不是要监视你们,"朝仓继续说,"所以你们不必特别在意。"

话虽如此,玛莉还是觉得心情沉重,就是因为她差点儿受到歹人袭击,所以才会安排刑警守卫的。而且,她现在只要听到警察两个字,就会瞬间联想到被那被鲜血染红的手臂。

她一再自我安慰:这不是我的错。可是一想到跟刑警生活一周,可能会让大家痛苦压抑,玛莉就十分愧疚。

"快要到指定地点了。"司机说。

"是吗?刑警先生说在那个十字路口等我们。"

"我们比约定时间早了一点儿,要不要靠路边等一等呢?"

"也好。咦?正往这边跑的那位就是刑警先生吧?"

"跑过来的是一只猫啊!"

"后面还有一个人呢。"

大家从车窗向外看,一只三色猫轻盈灵巧地跑在前面,而那个人则拎着旅行包和大衣,喘着粗气,跌跌撞撞地跟在后面。

"那个人就是刑警吗？"真知子露出不信任的表情，"我看那只猫倒更像刑警呢！"

"哦，我忘了告诉你们，那只猫据说也是警察队伍中的一员。"朝仓话音未落，三色猫就从打开的车门窜进来。

"好可爱！"

"小猫，到这边来呀。"

"多漂亮的猫啊！"

女孩子们顿时欢声沸腾。三色猫轻轻喘息着，径直从过道走向后方，来到樱井玛莉脚边坐下。

"这是玛莉的专属保镖吧。"真知子说。

这时，车外传来一声巨响，原来那个刑警摔了个嘴啃泥，更不巧的是，旅行包的拉链裂开了，里面的东西散落一地。

刑警手忙脚乱地捡起牙刷、肥皂、毛巾、内裤，胡乱塞进旅行包。

"哟，他的内裤上破了一个洞！"

"快看，他还带了巧克力！"

"又不是去郊游！"

"他连罐头都带来了。"

车里一阵骚动。

好不容易把东西收拾好，刑警面红耳赤地上了车。

"我……是警视厅派来的。"

"请坐，真是辛苦了，"朝仓笑脸相迎，"栗原警视说的没错,今日一见,你果然是警视厅独一无二的人才啊!"

"我是片山。"他误以为朝仓在夸他,笑眯眯地自我介绍。

"喂,福尔摩斯!"片山环视四周,"快到这边来!"

三色猫根本无视主人的命令,跳上一个空座位,优雅地躺下。

"这只猫比较有个性……"片山尴尬地抓抓头。

"没关系,"朝仓让片山在旁边的座位坐下,然后对司机说,"可以走了。"

"又有一个人来了!"有人喊。

玛莉向窗外看去。"啊,是上次那位……"

气喘吁吁跑过来的正是晴美。

"喂,怎么了?有什么事?"片山欠身问道。

"你忘记带手帕了!"晴美说着又递过来一个塑料袋,"换下的内衣要放在这里面。"

玛莉不禁扑哧一笑。

第二乐章

柔美的慢板（如歌曲般悠扬）

1

一走进大厅,大家齐声感叹。

"好棒呀!"玛莉低语赞美,双眸熠熠生辉。

最后进来的朝仓满意地环视大厅。这里几乎没有改装,只是彻底清扫过,换了崭新的椅套,桌子也擦拭得一尘不染,闪闪发亮。

天花板上安装了一盏新式吊灯。小气的须田居然肯购置一个如此昂贵的装饰品,这让朝仓吃惊不已。他曾经询问须田这笔钱的来源,不知何故,须田只是笑而不答。不过,朝仓当然不会反对,更不会抱怨须田浪费。

"好,请大家到里面的钢琴前集合,"朝仓宣布道,"现在要把新曲的乐谱发给各位。"

七个人叽叽咕咕地窃窃私语,跟着朝仓来到钢琴前,任选一把椅子坐下。

片山呆呆地站在门口,一动不动。

"这里……简直就是宫殿!"片山嘟囔着,"福尔摩斯,你说,光是这个大厅就有我们公寓的几倍大?"

也许是嫌弃片山见识少，福尔摩斯径自往里头走去，对片山的话充耳不闻。

"实在太厉害了……不知这里会不会放电影……"正当片山自言自语地赞叹不已时，突然身后有人说："对不起，借过一下。"他回头看到一位女子，像护士似的围着白色围裙，推着手推车，车上放着沏红茶的茶具。片山站的地方正好挡住了大厅入口。

"啊，对不起。"

片山急忙让开，女子微微一笑，推着车走过去。

她就是负责烹饪以及其他家务的女佣吧，记得朝仓曾经提起过她。但是，这位身材纤细的中年女子却与一般"女佣"的形象大相径庭。她叫什么名字来着？片山赶紧翻开笔记本查找，记人名是他最头痛的事之一。

哦，对了，她叫市村智子。

好了，现在必须熟悉一下那七个选手的情况，并且要牢记在脑海中。于是，片山跟在市村智子后面，向着大厅里面走去。

朝仓站正在斯坦威钢琴前，向七位选手说明注意事项。

"另外，除非发生紧急状况，否则不准打电话。各位都正值青春年少，也许会难抑相思之情，希望听到恋人的声音。但是，安排各位到这里来，就是为了让你们排除杂念，专心于音乐，所以请你们忍耐七天。只有七天嘛，相信你们的恋人不会变心的。根据我的经验，十天之内是绝不会出问题的。"

年轻选手们闻言大笑。片山曾经听晴美说过，朝仓本人是个花名在外的风流人物。这些年轻人可能也听过一些传言，所以都会心而笑。

不过，笑声中多少也带有几分拘谨。

"这里只有二楼中央那个房间装有一部电话，那是片山刑警的房间。发生紧急情况需要联络外界时，要向片山先生提出申请，经他同意后才能使用电话。所以，片山先生，麻烦你离开房间时一定要锁好门。"

七个人同时回头看向片山。

"知……知道了。"片山急忙用笔记本遮住脸。

"各位还有什么问题？"朝仓逐一看过七人的面孔，"对了，在今后七天中，你们要生活在一起，虽然有些人已经彼此认识了，但是还请各位简单自我介绍一下。"朝仓指着坐得最靠边的那个人说："就从你开始吧。"

"是……"站起来的是三名男性中的一个，看上去是个认真稳健的青年。

"我叫大久保靖人，是河内寿哉老师的学生。"他说完就立刻坐下，口气听起来就像运动会开幕式上的选手宣誓一般。

片山看了一眼备忘录，里面记载着朝仓提供的七人简要介绍，片山试图把那些资料和本人联系起来。

关于大久保靖人，资料上写着："他是自食其力赚取学费的穷苦学生。"的确，虽然也是西装革履的打扮，但是他那身衣服怎么看都不像是高级货。片山寻思，这位的穿着和我不相上下啊。

其余六人的穿戴打扮虽然多少有些差异，但给人一个共同印象——全都是富家子女。大久保似乎有意识地自划界线，与那些人隔离开来。现在他坐在最边上，周围的座位都空着。

"轮到你了。"

被朝仓指名的女生站起来。她的脸庞圆润白皙，就像在棉花糖上嵌了五官一样。

"我……叫长谷和美，"她扭扭捏捏，声音小得几乎听不见，"请多多指教。"说完，鞠躬坐下。

关于长谷和美，资料上写着："财阀之女，大门不出二门不迈的千金小姐，才华横溢。"她今年应该二十一岁了，但那副楚楚可怜的纯真模样，说是十六岁也有人相信。现在这种年代，居然还有如此清纯的女孩子！片山暗自摇头感叹。

接下来是樱井玛莉，她沉稳地介绍了自己的名字后就坐下来。片山没有她的资料。她是凶手攻击的目标，当然必须特别留意。

片山知道樱井玛莉是医生的女儿。她举手投足间毫无娇气，她的镇定自若与其说是源于胆量，倒不如说是自然流露的气质。

接下来是坐在樱井玛莉旁边的那个女孩儿，她戴着眼镜，身材略显丰满。

"我是植田真知子。"

片山看看备忘录,知道她是樱井玛莉的朋友,而且是"有力的竞争者之一,模范学生"。

"我和玛莉是好朋友,"植田真知子继续介绍,"但是在这里,我们是竞争对手。"她扼要地补充说明后坐下。片山不明白她说这句话的目的何在。其他人——包括樱井玛莉在内,也都露出困惑的表情。明明是好朋友,却好像全无沟通,这让樱井玛莉很尴尬吧,片山想。

接下来这一位穿着蓝色的苏格兰呢上衣和白色长裤,好像是在地中海游艇上看到的那种青年。

"我是古田武史。也许在这一周里,大家会感到这样或那样的压力,但是志同道合的人能共同生活一周,也是十分难得的机会。当然,我会严守这里的规矩,同时也希望能在音乐和恋爱方面,与各位交换宝贵的经验。"

很顺畅的自我介绍。这个五官端正的美男子连口才也如此之好吗?难怪备忘录上有关他的评价是:"出名的花花公子。"

片山心里有点儿不是滋味。英俊多金、头脑聪慧、琴艺超群……老天爷太不公平了吧!

生气又有什么用呢?不过,片山还是咽不下这口气,正当他像抨击不公平税制的上班族一样闷闷不乐时,下一个选手站了起来。

"我是丸山才二,第一次参加这种比赛。我什么都不懂,请各位多多指教。"

这是一个典型的四肢发达却笨嘴拙舌的人，甚至会让人担心他那双大手拉琴时会把琴捏碎。备忘录上说他是"从乡下来东京求学的学生，假以时日，必成大器"。丸山穿着一件旧式灰色西装，他那土气的打扮和古田形成鲜明对比。

最后一位尚未自我介绍的女生不等朝仓指名就自己站起来。

"我叫辻纪子。也许大家已经知道，我的乐器是一七一七年制造的斯特拉迪瓦里小提琴①。如果我输了，就没有理由责怪乐器了，所以我一定要取胜。"

她一口气说完，笃定地坐下。刹那间，全场鸦雀无声，大家都像是被她的气势震住了。

她鼻梁挺直，戴一副银边眼镜，是个冷美人，让人联想到能干的女秘书。片山看看备忘录，上面写着："桀骜不驯，不让须眉，有'比赛破坏者'之称。"

朝仓干咳一声，说："现在七个人都介绍完了，接着要介绍的是在这一周中照顾各位饮食起居的市村女士。厨房后面就是市村女士的房间，各位如果需要日用品或其他东西，可以找她要。市村女士，拜托你了。"

站在窗边的市村智子向前走了几步，笑盈盈地说："我会尽

---

① 斯特拉迪瓦里小提琴是由意大利著名制琴师安东尼奥·斯特拉迪瓦里（1644–1737）制造的。他在 1700 年到 1725 年间制造了多把传世名琴，每一把都价值连城。

最大的努力，使各位都能充分发挥实力。"

"请多关照。"大声说出这句话的是大块头丸山才二。随后，大家都笑着向市村智子打招呼。

"好了，现在分发新曲的乐谱。"

朝仓话一出口，大厅里立刻一片寂静，充满紧张的气氛。朝仓拿起放在钢琴旁边的公文包，说："大家都知道，新曲是为管弦乐队和小提琴而创作的协奏曲。可以说，你们是全世界最先演奏这支乐曲的人，我希望你们在演奏中展现出自己的最高水准。"

正当朝仓准备打开公事包时，美女秘书似的辻纪子举手发言："老师，我可以提一个问题吗？"

"可以。什么问题？"

"关于乐曲的诠释，禁止和别人商量吧？"

"嗯。"

"也禁止和外界通电话或通信吧？"

"是啊，有什么问题吗？"

"如果有人违反这个规定，会怎么样？"

"只要违纪行为被证实，这个人就会被取消参加决赛的资格。"

"真是这样的话……"辻纪子停顿片刻，说，

"这里就有一个人应该被取消资格！"

其他六人闻言面面相觑。辻纪子指着那位花花公子型的美男

子古田武史说:"应该把这个人立刻赶出去!"

她话语铿锵,不容辩驳,完全是"宣判"的口吻。

一时间没人开口说话。最先有反应的是当事人古田武史。

"喂!你别信口雌黄!我怎么了……"他面红耳赤地站起来。

"你还有脸狡辩!难道要我点明吗?"辻纪子毫不畏缩地反驳。

"什么?哦,你是指上次M报社主办的音乐比赛……"

"当然!除了那件事还有什么?"

"那是你故意找碴,当时的评委就是这么说的!"

"只是没有抓住证据而已!很显然,是你剽窃了我对乐曲的阐释。"

"我根本没必要做那种事,"古田似乎恢复了些许冷静,冷笑着说道,"不做那种事,胜过你也轻而易举。"

"你敢说这种话?"

"说了又怎么样!"

这时,朝仓不得不介入其中。

"你们都冷静!辻小姐,你不应该把上次比赛的事拿到这里来说。我也听说上次你们两人对新曲的诠释一模一样,但最后判定是纯属巧合吧。"

"那是因为古田的父亲暗中动了手脚,这是众所周知的。"

辻纪子说。

片山哑然，辻纪子还真是口无遮拦啊！

"总之，过去是过去，现在是现在，只要在这次比赛中违规，必然会受到处分。"

辻纪子耸耸肩，不再坚持。

"希望你们在这一周内友好相处。"

这一阵骚动反而缓解了现场不必要的紧张。

朝仓松了口气，说："现在发放乐谱。"他打开公文包，拿出一沓尺寸很厚、类似特大号海报的东西。

"哇……"大家不约而同地发出不知是叹息还是惊讶的声音。

"这是管弦乐的总谱，所以才这么大张，不必害怕！"

朝仓安慰他们。

"作曲家是谁？"大久保靖人问。

"按照规定，在决赛结束之前是不能公布的。"

"只要看看乐谱就知道了。"辻纪子好像已经忘记了刚才的风波。

"这里有七份乐谱，每人一份，我手边就没有了。"朝仓说："作曲家手中还有一份原谱，全部只有这些。好好加油吧！"

朝仓逐一把选手叫到跟前，分发乐谱。回到座位之前就迫不及待打开乐谱的是大久保靖人和植田真知子。有趣的是，显得毫无兴趣、把乐谱搁在腿上不曾打开的正是刚才大吵一架的辻纪子和古田武史。樱井玛莉和"深闺千金"长谷和美，以及大块头丸山才二这三人，就像拿到烫手山芋一样，战战兢兢地把乐谱捧在怀里，轻抚着封面。

片山突然看到福尔摩斯跳上钢琴——或许它知道这钢琴价值不菲，所以没有使用它的爪子，以至于跳上去时在钢琴上滑了一下。

片山苦笑，这家伙又开始耍花样了。只见福尔摩斯伸头朝公文包里看了一眼，然后用力跳到地板上。

朝仓合上公文包，缓缓打量着七个人的面孔，说："祝各位好运。"

片山仿佛听到冲锋号吹响的声音。

"这房间真好，"片山在自己的房间中整理行李，"多住几天我也愿意。"

福尔摩斯在房间里到处走动、察看，就像在寻找窃听器的特工。

"你干什么呢？浴室里已经准备好你的厕所了，不必担心，一切都没问题，"片山伸伸懒腰，"这里是不会发生血腥案件的，放松心情，好好享受吧。"

福尔摩斯警告似的叫了一声。

"我知道，不会掉以轻心，我来这里就是为了保护大家的。

不过，还得靠你多帮忙啊。"

福尔摩斯跳上房间角落的书桌，回头看向片山。

"嗯？有什么事吗？"片山走过去，福尔摩斯伸出前爪，开始抓挠桌上的便签。

"你在干什么？"

片山定睛一看，只见便签纸上整齐地排列着七条爪痕。

"这是指那七个人吗？难道不是吗？别用那种眼光看我好不好！七、七……你是指刚才那七份乐谱吗？"

福尔摩斯眨眨眼睛，表示肯定。

"刚才朝仓说只印了七份。真是小题大做，只不过是一场音乐比赛……嗯，怎么了？"

福尔摩斯又抓出一道爪痕。

"这样就变成八条了。八条？你是说……"片山想起福尔摩斯刚才看过朝仓的公文包，"你是说，有八份乐谱，公文包里面还有一份？"

福尔摩斯又眨了一下眼睛。

如果是这样，那么朝仓刚才就是在说谎。为什么？不不，也许并不是什么大不了的事，身为主办人，自己留一份乐谱又怎么了？就是这么回事吧。

"听好，福尔摩斯，在这个社会中——应该说人类社会比较好——有场面话和真心话之分。有才的人就算多少比普通人任性一些，大家也会包容他们。所以，那个叫朝仓的人只是说一套，做一套吧。"

可是，以朝仓的立场，他保留一份乐谱本无可厚非，甚至大家都会认为他理所当然应该有一份乐谱。那么，他为什么要刻意隐瞒呢？

这一点的确可疑。不过片山想，这次的任务是保护七个选手的生命安全，无权干涉比赛事宜，这个界限应该划分清楚。

当然，如果这件事会牵连到选手的安全事宜，就另当别论了。片山的个性和晴美迥然不同，他缺乏冒险精神。更确切地说，他不像妹妹那样爱凑热闹。

电话铃突然响了，片山吓得一蹦三尺高。

"破玩意儿……你想吓死我啊……"片山手抚胸口，瞪着电话机。不过，电话根本无意吓唬他，挨骂实在太冤枉。

"喂，喂，你是谁啊？"片山没好气地说，简直就是接电话礼仪的错误范例。

"是哥哥吗？"

"原来是晴美，你怎么会知道这个号码？"

"是你们课长告诉我的。"

"课长说的？他还说这是机密呢，原来自己口风这么松！"

"因为我说事关人命，必须找到你。"

"喂，到底发生了什么事？"

"也没什么大不了的，不过……"

"你快说呀！"

"我……我和石津先生结婚了。"

由于刺激过大,片山像石像般呆立当场。随即,电话中传来晴美的坏笑。

"骗你的。"

"喂……太不像话了吧!"

"是对上一次的报复。"

"那次你已经抓了我的脸。"

"那是处罚,不是报复。"

"有什么区别?"

"好了好了。"

"好什么好,看我不揍死石津那小子!"

莫名其妙就要挨揍,石津招谁惹谁了?

"你那边还顺利吧?"

"什么顺不顺利,才刚开始呢,"片山笑着说,"不过已经出现两三个问题了。"

"什么事?告诉我!"

"等一下,这个电话不是让我们聊私事的……"

"哎呀,讨论案情怎么能算是私事呢?说不定我还能做出绝妙的推理呢。"

晴美一向说一不二,片山虽然是单身汉,但早已饱尝被女人压迫的滋味。

于是,片山把决赛选手之间的纠纷以及朝仓握有第八份乐谱的事都告诉了晴美。晴美似乎对后者更感兴趣。

"还有一份乐谱啊……其中必有蹊跷。"

"你不要那么兴奋好不好!"

"真抱歉,你妹妹就这样,"晴美说,"好吧,我先挂了。哥哥,你要多加油。"说完,她干脆地放下了话筒。

"这丫头……根本没派上用场嘛,"片山转向蜷曲在椅子上的福尔摩斯,"喂,你觉得这里会发生什么事吗?"

福尔摩斯闭着眼睛,根本懒得回应。

2

"你着急也没用。"正在阅读外国医学杂志的樱井利夫抬起头,对妻子说。

一般来说,医学研究者只要坐上医科大学教授的宝座,就万事大吉了。但樱井利夫是个真正的学究,只要可以做研究,他就觉得非常满足。从外表看,他绅士派头十足,一看就是精通两三门外语的精英。其实严格说来,樱井利夫通晓五门外语。这当然与天赋有关,但是,也离不开樱井一贯的勤奋。一般上班族晚餐后谈天说笑看电视的时间,樱井都用来阅读医学论文了。

对樱井而言,忍受无聊的电视剧还不如钻研学问更快乐。他的妻子充子是个视音乐为生命的人,从世俗的角度看,是个怪人。在这一点上,他们夫妻俩可以说是绝配。

"你一点儿也不担心玛莉吗?"充子从刚才起就在客厅里像旋转木马一样转来转去。

"玛莉已经不是小孩子了,"樱井说,"何况她又不是去天涯海角探险,你担心什么啊?"

"今天是第一天,我一直担心她会不会紧张得吃不下晚饭。

虽然我给她带了胃药,可如果是神经性胃炎,吃药也没用。如果再睡不好,会不会引发神经衰弱啊?而且,这个孩子一旦感冒就会拖很久,还容易得口腔溃疡……都随你!"

"为这种事生气有什么用?玛莉绝对没问题,她很坚强,这一点也随我。"

"你真是铁石心肠!"充子快气疯了。

"你这么担心,藏在行李箱里跟着她一起去不就好了吗?"樱井难得说这种俏皮话。

"那是因为没有能装得下我的行李箱。"充子一本正经的态度把樱井吓了一跳。

"而且,不久之前玛莉还险些遇害……"充子接着说。

"所以,主办方已经派刑警保护了呀!"

"警察怎么靠得住呢!"

"不是你自己要求朝仓先生想办法的吗?"樱井无可奈何地苦笑。

"可是,整整一个星期不能联络,叫我怎么能放心啊!至少应该每天打一次电话,让我听听玛莉的声音。"

樱井又把注意力转移到论文上,不再理会充子的唠叨。

这时,走廊上的电话响铃了,充子像发射出去的炮弹一样飞奔而出。

"老公,找你的,是和田先生。"充子带着半是放心半是失望的表情回到客厅。樱井走过去接电话,充子今天第一次在沙发上坐下，喃喃自语："这样下去，父母先神经衰弱了。"恰在此时，客厅里的电话响起来。樱井家装了两部电话，但电话簿上只登记了走廊上那部电话的号码，另一个号码只有亲近的朋友和亲戚才知道，所以充子接起电话时心情很轻松。"喂，这里是樱井家。"

对方迟迟不说话。

"……喂？喂？"充子又问，"请问是哪一位？"

"是樱井太太吗？"话筒中传来一个低沉的女人声音，又衰老又沙哑。充子一惊，迅速向走廊方向瞟了一眼。

"你……"

"请让我见见女儿吧。"电话里的女人说。

"一派胡言！不要说这种毫无根据的话！"充子压低了声音，口气却很严厉。

"玛莉是我的女儿……"对方开始苦苦哀求，"请把玛莉还给我吧……"

"你有完没完！"充子说。丈夫还在走廊那边接电话。

"我只是……"

"好吧，我们必须做一个了结！你现在在哪里？"

"在哪里？我在……"

"在我家附近吧？"

"是的。"

"从我家门前的斜坡走上去，有一个公园，你知道吗？"

对方沉默片刻，迟疑地回答："知道……"

"很好，一小时后我会去那个公园，你在那里等我吧。"

"可是，我……"

"见了面再说！"充子厉声说，然后断然挂上电话，正好樱井也打完电话回来了。

"有人打电话吗？"

"是呀。"充子装出若无其事的样子，"是玛莉同学的妈妈，她想看一本曲谱，待会儿到附近来，我把曲谱拿去给她。"

"应该请人家进屋来坐坐呀。"

"她很忙。"充子说。她不想多做解释，"忙"就是最好的借口。毕竟现在的主妇，除了家务之外，还有其他忙不完的杂事。

樱井并未起疑，又开始看他的医学杂志。

"你要不要洗澡？"

"嗯。"

沉浸在论文中的樱井对妻子的话充耳不闻。

充子走进摆着许多柜子的储藏间，其中一个柜子是收纳手提包的。充子把手伸入柜子的深处，拿出一个信封。她探头察看了一下走廊上的动静，然后从信封中拿出一沓一万日元的钞票。

"这件事必须做个了结。"她这样告诉自己，接着把装有钞票的信封放进提包，合上搭扣。

一小时后，充子走出寓所。风很大，她皱皱眉头，继续快步往前走。虽然没有像玛莉那样经常练习慢跑，但或许是因为经常出门，她的脚力依然强健，即使走上斜坡，速度也未见减慢。到达公园时，她的呼吸微微有些急促。

这里是住宅区，虽然时间还早，但已几乎看不到其他行人了。公园里静悄悄的，除了呼呼的风声，再听不到其他声响。

正如前面提到的那样，这个公园只有一个水池和一条环绕着水池的散步小径。充子站在公园门口，向四下张望。

只有三四盏路灯，散步道大部分隐没于黑暗之中，目之所及，看不到一个人影。她在哪里？难道没来？

充子努力看向暗处，但她的视力并不算好，再努力也看不清楚，于是她决定沿着散步道走一圈。

对方精神不太正常，自己一个人不会有危险吧？充子小心翼翼地向前走。

那个女人纠缠自己和玛莉有多久了？两个月……不，也许有三个月了。她认为玛莉是她的女儿，有时会打电话来，有时会在玛莉的学校附近徘徊。在这种关键时刻，绝不能让她扰乱玛莉的心情。充子每次接到那个女人打来的电话，都会义正词严地提出警告。

然而，对方根本不吃这一套。这一次，充子打算用金钱解决问题，所以她准备了五十万日元来这里和那个女人见面。她没有把握一定成功，但她认为值得试一试。

充子绕过了半个水池，仍然看不到任何人，也许她不会来了。幸好现在那个女人也无法联系到玛莉，这一点让充子放心不少。不过就怕决赛当天，那个女人跑到会场胡闹……

充子继续漫步，散步道的外侧环绕着篱笆和小树林。每到夏夜或温暖的春夜，即使在这个小公园里，也可以看到一对对情侣卿卿我我的身影。但今夜这么寒冷，不会有情侣来了吧。

充子从一盏路灯前走过，从这里到公园出口的一段路没有灯光，因为树林把路灯遮住了。此处是公园里最阴暗的角落。

充子心里暗忖，那个女人大概不会来了，于是，她下意识地加快了脚步。这时，她听到树林中传来踩踏落叶的脚步声，随即，一个黑影旋风似的从林中向她扑来。

在这样寒冷的夜晚，树林里居然还有一对紧紧相拥的情侣。

话说回来，这两个拥抱在一起的人，究竟是因为爱得太深，还是因天气太冷呢？

"……刚才是什么声音？"女人直起身体。

"好像有什么东西掉进了水里。"

"你有没有听到尖叫声？"

"我没留意。你干什么去？"

"我们去看看吧！"

"算了吧，我可不想惹祸上身，"男人皱起眉头说，"有一次，我看到一个人的钱包掉了，捡起来追上去还给他，结果他恶狠狠地瞪了我一眼。"

"那个人一定疑心病很重。"

"而且他还当着我的面检查钱包里的钱有没有少，真是气死我了！"

"真可怜，但这是另外一回事。你站起来一下好吗？"

"好吧。"男人叹息着站起来，两人从树林向散步道走去。

"太暗了，看不清楚。喂——有人掉进水池了吗？"男人大吼一声。

散步道传来奔跑的脚步声，水池中传来激烈的挣扎声。

"在那里！"女人指向水池中央，一个人头露出水面。

"可恶！为什么跑到那么远的地方！喂，你不要紧吧？"

"救命啊！脚……碰不到底……"是女人的声音。

"快跳下去救人啊！"

"说得这么简单，又不是你跳！"

"待会儿请你吃拉面。"

"小气鬼！好吧，你在这里等我。"男人脱下鞋跳进水里。

水池里的女人总算被救上岸，她全身都在剧烈地颤抖。

"没事吧？很冷吧？"

"没事……真是太感谢了……"

"这位太太，你为什么会掉下去啊？"男人从水池爬上来，喘着粗气问。

"我是被推下去的。"

"天啊!那么刚才的脚步声是……"

女人瞪大眼睛:"你看到人了?"

"没有,我只听到脚步声,可是,为什么……"

"我姓樱井,"落水的女人站起来,"不知该怎么谢谢你们才好。我家就住在附近,请到我家坐坐,而且,这位先生也全身都湿了。"

"那我们就不客气了,"男人说,"不过,我还是不明白,为什么你掉到水池里,反而向对面深水处游过去?"

"那个人把我推下去后,还用木棒似的东西打我,所以我只好往对面躲避。"

"这么说,你差点儿被杀?"

"是啊。"樱井充子点点头。

晚餐非常丰盛。

"这样吃下去一定会发胖的。"植田真知子笑着说。

这是当然的。大家都不得不承认市村智子在厨艺上的确有一手,只可惜就餐桌气氛而言,实在称不上和睦。

也许是合宿第一天的关系吧,大家都不说话,只是默默吃着眼前的饭菜。

片山觉得自己与现场气氛格格不入。八个人里,只有他一个人比较年长,而且是刑警。不管他的意图怎样,那七个人一定会有在监视下吃饭的感觉。

吃到一半,片山来到厨房,市村智子正忙着准备餐后甜点。

"刑警先生,有什么东西不够吗?"

"不……其实……"

"你是担心小猫吗?放心,它吃得可好了。"

福尔摩斯蹲在墙角,正在埋头大吃久违的美味大餐。

"不好意思,能不能让我也在这里吃?"

"在这里?"

"因为我在场的话,大家好像都很拘束,我也吃得不舒服。"

"原来如此,"市村智子笑着说,"没关系,你就在这张桌子旁吃,可以吗?"

"当然可以。"

"那么,我去帮你把那张椅子搬过来吧。"

"谢谢。"片山松了口气。七个年轻人中有四个女性,难怪他的压力那么大。

总算平安无事地吃完晚饭,又享受了餐后咖啡。但是,片山一想到这样的生活要持续一周,就头疼不已。

"大家吃完饭都到客厅去了,"市村智子说,"我现在也要吃晚饭了。"

"好,好……那我去客厅了……"

片山原本打算饭后立刻回自己的房间,可是又觉得一味逃避无法尽到保护之责，于是只好带着福尔摩斯走进客厅。

"啊，欢迎欢迎！"

"深闺千金"长谷和美笑颜如花，只不过她欢迎的不是片山，而是福尔摩斯。

坐在沙发上休息的除了长谷和美，还有花花公子古田武史和大块头丸山才二。

片山问："其他人到哪儿去了？"

"他们都回到房间和蝌蚪文奋战去了，"古田武史说，"大家真够用功的。辻纪子这种人，肯定连睡觉时都会搂着乐谱。"

片山在古田的斜对面坐下。

"你好像跟她关系很僵。"

"我也不想这样啊，"古田苦笑道，"其实她摘下眼镜还是蛮漂亮的，如果她不是小提琴家，我一定会追她……"

"大家好像都变得很神经质。"

"你这样认为吗？"古田笑嘻嘻地问。

"难道不是吗？"

"有人神经质是真的，有人是假装的。"

"为什么要假装？"

"为了让别人情绪不安啊！比如，用歇斯底里的喊叫影响别人。"

"真会有人做到这种地步吗？"

"归根到底，音乐比赛就是一场战斗，"古田说，"弱肉强食，为了胜利可以不择手段。"

"我讨厌那样！"长谷和美把福尔摩斯抱在腿上，抚摸着它的脖子，"音乐是为了使人平和愉悦而存在的。"

"这是两回事，"古田说，"刑警先生……"

"什么事？"

"你喜欢音乐吗？"

"我不太懂音乐，一听古典音乐就犯困……"

"哎呀，真有这样的人吗？太难以置信了。"长谷和美的话让片山深感惭愧。

"你能帮我照看一下这只猫吗？"

"当然可以，我可喜欢它了。"

福尔摩斯在长谷和美的爱抚下舒服得昏昏欲睡。

片山义太郎走到大厅，推开餐厅旁边的一扇门。听朝仓先生介绍过，这里是书房……

"啊，是片山先生。"手拿书本坐在沙发上的是樱井玛莉。

"哦，对不起……"片山立刻准备撤退。

"上一次承蒙令妹帮忙。"玛莉微笑着说。片山闻言只好慢慢走进书房。较之两扇巨大的房门，房间本身并不算大，大约只有十叠左右，是一间长方形的房间，铺着地毯。除了房门这一边外，其他三面墙壁都被书架占据，房间中央摆放着四张沙发，两两相对。不知为何，房里没有一张桌子。

"为了我一个人而麻烦警方，实在抱歉。"玛莉说。

"没什么……这是我们的工作啊。"片山不由自主地礼貌起来,这是他开始紧张的症状之一。

"你……不用在房里练习吗?"片山问。

"乐谱那么厚,我一时看不下去,"玛莉叹息道,"大家真了不起,马上就能开始练习。我可不行,从刺激中恢复,需要一个晚上的时间。"

"什么刺激?"

"乐谱的厚度啊!"

"哦……"

"拉小提琴相当消耗体力,所以小提琴家通常比钢琴家衰老得快。也许还是男性更适合演奏小提琴吧。"

"不过,你是夺冠热门啊。"

"其实大家实力相当,剩下的就要看运气而已。"玛莉笑着说。

"是吗?"

"比如,指定曲目的选择就对我们的影响很大……如果是西贝柳斯或巴托克的协奏曲,我就比较有把握,可是对真知子就很不利——所以,这真的得靠运气。"

"指定曲目是谁决定的?"

"决赛当天由大赛委员会决定,我也不知道他们用什么方法决定。反正在那之前,每首曲子都必须练熟才行。"

"古田君、丸山君,还有长谷和美小姐都在客厅里。"

"我不喜欢古田先生，"玛莉说，"在他眼中，玩音乐和玩女人没什么两样。"

片山也这么认为。

"不过，他的演奏舒展流畅、别具一格，也许他就是传说中的天才吧。有人说小提琴是模仿女性身材制造的，片山先生，你知道这种说法吗？"

"不知道……啊，但是这样说好像蛮有道理的。"

"对吧？颈部特别修长，腰身苗条，十分具有曲线美。"玛莉说。

"像长脖子女妖一样。"

"不过这只是传言，请不要当真。可是古田先生经常说，正因为小提琴的形状像女人的曲线，所以他才喜欢拉琴。"

"真是个花花公子。"

"如果真是这样，我喜欢拉小提琴岂不是同性恋了吗？"

纯情的片山立刻干咳几声来掩饰自己满脸通红的窘态。

"还有，演奏小提琴就像在和女人缠绵一样，左手稳稳支撑，右手温柔抚摸……不是让小提琴发出声音，而是使小提琴自己歌唱，这才是真正的小提琴演奏。"

"哦……"小提琴自己会唱歌吗？这可是片山第一次听说。小提琴会用什么语言唱歌呢？

"对不起，我不应该和刑警先生谈论这些。"

"怎么会呢，我觉得很有趣呀。不过，是不是耽误了你练琴啊……"话音未落，片山口袋里的传呼机响起来。"哦——"

"怎么了？"玛莉问。

"有我的电话，失陪了。"

片山走出书房，跑到二楼自己的房间，推开房门时，电话铃仍在响个不停。

"喂，我是片山。"

"是片山先生吗？"

"是你啊。"

打电话来的是石津刑警。

"你别随便打电话到这里来。"

"是工作的事。"

"啊？"

"那个叫樱井玛莉的女孩儿是住在目黑区吧？"

"对，怎么了？"

"她的母亲差点儿被杀。"

"什么？"

片山听了石津的说明，知道樱井充子没有生命危险之后才放下心来。"有凶手的线索吗？"

"没有……樱井充子说当时很黑，看不清对方的相貌。"

"但是，她大晚上到公园干什么？"

"是啊，"石津似乎也感到不解，"她本人说是去散步，这么冷的天气去散步，不是很奇怪吗？"

"是很奇怪。"

"可是被害人坚持这个理由,我们也没办法。总之,我先把这件事向你汇报一下。"

"我知道了。要不要把这件事告诉樱井玛莉?"

"对了,我差点儿忘了。"

"什么事?"

"樱井充子说这件事绝不能让她女儿知道。现在是关键时期,不能影响她的情绪。"

"好,我知道了。"

"还有,晴美小姐要我问候你。"

"谢谢你。"

挂断电话后,片山总觉得心里不踏实。樱井玛莉的母亲为何会受到袭击?

从案情判断,不太可能是抢劫杀人,也许是个人恩怨?

但是,还有另一个可能性,凶手想通过袭击充子逼迫樱井玛莉退出决赛。

"对呀,我来此地是为了保护参加决赛的人……"然而,要阻止选手出场比赛,并不一定要伤害选手本人。如果凶手意图在此,那可真是防不胜防。

"糟了……"片山一边思考一边走回楼下的书房,但是樱井玛莉已经不在房间里。

3

朝仓宗和的手慢慢画了一个圆。

准确地说,是他手里拿的指挥棒画了一个圆,音乐渐弱,最终归于平静。

几秒钟后,掌声雷动。刹那间,"是否应该鼓掌"的犹疑烟消云散,波涛般的掌声淹没了一切。

"太精彩了!"有人大声叫好。

石津的身体猛然向前一倾,惊醒过来。

"嗯?……啊,晴美小姐,音乐会结束了吗?"

"是啊。"晴美仍在不停地鼓掌。

石津也急忙开始鼓掌:"真是太精彩了!"

晴美忍俊不禁。带石津来欣赏古典音乐是一个错误,而石津本身并没有错,他没有打鼾已经值得表扬了。和往常一样,本次音乐会上演奏的都是世界名曲,比如门德尔松、李斯特的钢琴协奏曲,以及柴可夫斯基的《悲怆交响曲》。如果这都能让石津睡着,那么,任何乐曲对他而言都是催眠曲吧。

朝仓第三次出来谢幕,他步伐轻快,神采奕奕,丝毫不见老态。

"还要演奏吗?"石津问晴美。他看到朝仓又拿起指挥棒站在台上。

"是谢幕曲。你放心,很短,你还来不及睡着就结束了。"晴美说。

谢幕曲是门德尔松的诙谐曲《仲夏夜之梦》。

"精彩!"

一阵热烈的掌声之后,观众开始陆续离席。

"我们也走吧。"晴美手里拿着一张唱片。

"那也是古典音乐吗?"

"是啊!是朝仓宗和指挥的布鲁克纳。"

"布鲁什么?……这位也是作曲家吗?"

"是的。"

"我不懂音乐,"石津挠着头说:"我只知道贝多芬的《天鹅湖》。"

走廊里挤满了人,晴美在人群中往前挤。

"晴美小姐,出口在另外一边。"

"我知道,我要去后台找朝仓宗和先生。"

"啊?"石津眨眨眼,"找他干什么?"

"是关于另一份乐谱的事。"

"什么?"

"没什么,"晴美微笑着说,"石津先生,你能不能在外面等我?"

"好，我在门口等你。"

晴美顺着通道往里面走，人已经越来越少。在"闲人免进"的告示牌附近，有四五位女粉丝手拿着唱片站在那里。

"借过一下。"晴美走进去，对告示牌视若无睹。她在乱糟糟的道具和桌子之间穿行，迎面走来一个身穿西装、表情阴沉的男人，一看到晴美就粗鲁地问："你干什么？"

"我要见朝仓先生。"

"什么？谁让你进来的！"男人皱着眉头说，"朝仓先生只有兴致特别好的时候才会给粉丝签名。"

"说不定他现在兴致就特别好。"晴美反驳道。

"反正这里不能随便进来……"

"怎么回事？"

后面传来一个洪亮的声音。朝仓身披外套，站在那里。晴美觉得他比在舞台上时显得更加高大魁梧。西装男解释道："啊，她是您的粉丝。"

"我想请您在唱片上签名。"晴美微笑。

"好啊！"朝仓露出极富魅力的笑容，然后对西装男说，"须田君，把乐队成员带到车上去吧。"

"是……"须田疑惑地看了看朝仓和晴美才走进去。

"你带笔了吗？"朝仓问。

"带了。"晴美从包里拿出签字笔，并把唱片递给朝仓，说："请您在这上面签名。"

113

朝仓熟练地在唱片封套上写下自己的名字。

"非常感谢。"

"不用客气……话说,我在哪里见过你吗?"

晴美一惊。那天在面包车旁,她给哥哥送手帕时,朝仓曾见过她。可是,仅仅见过一面,而且她的穿着也和那天不同,朝仓不可能认出她。

"因为我常来听您的音乐会……"晴美含糊其词。

"这样啊,果然我对美女都是过目不忘。"

"您说笑了。"

"你是一个人吗?"

"是。"

"一起去吃个简单的夜宵,怎么样?"

"可以吗?"

"当然可以,你到这栋建筑的后面等我,我去开车。"朝仓说完,大步向里面走去。

晴美知道朝仓喜欢拈花惹草,事实上晴美就是算好这一点来的——这件案子如果只交给哥哥和福尔摩斯去办,那多没意思。

晴美的侦探瘾似乎越来越严重了。

晴美走到剧院外,石津正在门口等她。

"事情办得怎么样?"

"嗯,很顺利。石津先生,对不起,你自己先回去好不好?"

"为什么?"

"我突然想起一件急事。"

已经快晚上十点了,还会有什么急事?但石津对晴美向来深信不疑。

"是吗?那我等着你。"

"不用,我也不知道要花多长时间……"

"可是,如果不把你送回家,我会被片山先生打死的。"

晴美费尽口舌终于把石津打发走了,然后她急忙绕到建筑物后面。

管弦乐团的成员已经乘车离开,晴美正在左顾右盼,一部进口轿车朝她开过来。

"让你久等了。"朝仓从车窗探出头。

"哪里。"

"快上车吧。"

打开车门,晴美坐在朝仓旁边。

"好漂亮的车啊!"

"车是我唯一的嗜好。"

汽车平稳地起动。

石津晃晃悠悠地朝车站走去,哈欠连天地自言自语:"我不懂音乐,会被她嫌弃吧……"这时,一辆高级的进口轿车从石津旁边经过。

"比我的车好多了。"

石津有一辆国产跑车,对汽车多少有些兴趣。当那辆轿车转弯时，他看到了副驾驶席上的女性，不禁瞪圆眼睛。

"晴美小姐！"

石津毫不迟疑地跳上一辆计程车，拿出证件，命令司机："跟踪前面那辆进口车！"这大概是刑警的本能爆发。

"好嘞。那辆车上有凶犯吗？"

"啊？哦哦……算是吧。"

石津连车主是谁都不知道，但是，"你有义务保护晴美小姐"，石津这样告诉自己。

在豪宅林立的高级小区的一角，有一家外观像是普通住宅的餐厅。晴美和朝仓在这里吃了一顿简单的夜宵。

"饭菜味道怎么样？"餐后咖啡送上来的时候，朝仓问晴美。

"非常好吃。"

"那就好，"朝仓微笑道，"刑警先生喜欢吃什么东西呢？"

晴美目瞪口呆："原来您知道我是谁！"

"刚才我不是说了嘛，我对美女过目不忘。"

"对不起，我不是有意要说谎的……"

"没关系，"朝仓摇摇头，"我不会因此生气，对美女应该给予更多的包容。"

"请您见谅。"

"那么，你找我究竟有什么事？还是说，你真的只是来听音乐会?"

晴美犹豫不决。要不要直接说出乐谱的事呢?不过,朝仓绝不会因为这种出其不意的质问而露出马脚。他一定会说"哦,原来是这件事呀",然后轻描淡写地应付过去。所以,现在应该先巧妙地接近他。

"其实,我……"晴美话说到一半,突然听到餐厅经理低喊:"这位客人,请等一下。"

晴美抬头,只见一个女人甩开店员的阻拦,不顾一切地冲进店里。她大约四十五岁左右,一看就是个脾气火爆的女人。她横眉竖眼地朝大厅张望了一番,看到朝仓,便气势汹汹地走过来。

"朝仓先生,你在这种地方……"

"哦,是辻女士,"朝仓依然冷静,"真巧,我们又见面了。"

"一点儿也不巧!我是特地来找你的。"

"是吗?找我有什么事吗?"

"你心里明白。已经是第三天了,我希望你履行诺言。"

第三天?晴美突然想起最近听到过"辻"这个姓氏,入围决赛的七个选手之中就有一个姓辻的女孩,而今天正好是他们"被关起来"的第三天。

"辻女士,你好像有什么误会,我不记得我们有过任何约定。"

"这……"那个女人脸色苍白,"你应该知道,我对你……"

"不要说了！"朝仓厉声打断她。对方被朝仓的气势震慑住，只好闭上嘴巴。朝仓接着说："你我都是成年人，不管发生过什么事情，在当时就结束了。我可不是为了事后补偿才接纳你的。"

他们之间的关系似乎很微妙。这时候晴美应该知趣告辞才对，可是为了查案，晴美认为应该继续留在这里。

"朝仓先生……我把一切希望都放在那孩子身上，以你的力量，一定可以……"

"请冷静一点儿，"朝仓站起来拉住那个女人的手臂，"你这样会扰乱餐厅秩序。"接着，他转身对晴美说："我马上回来。"说完，朝仓把那个女人带走了。晴美也想跟上去一探究竟，可惜她不能这样做。十五分钟后，朝仓才回来。

"让你久等了，对不起。"

"没关系。刚才那位女士是您的恋人吗？"晴美开玩笑似的说。

"很多时候都是对方一厢情愿，"朝仓笑着说，"很晚了。"

"是，我也该回去了。"

"好吧，我送你回家。"

"不用，我自己回去就行了。"晴美有些失望，她本以为朝仓会邀请自己去他家。

"那可不行。"

"您开车吗？"

"不,我喝了酒,不能开车。我帮你另外叫一辆车,你坐那辆车先走吧。我醒醒酒再走。"

"那我就恭敬不如从命了。"晴美想,朝仓待会儿大概还要和刚才那个女人见面。

"明天我在家,你要不要来玩?"

"可以吗?"

"当然可以,"朝仓拿出一张名片,"这上面有我的住址。我家就在这附近,很好找。"

"我一定会去府上拜访。"

"虽然我家正在整修,乱七八糟,但是招待你的地方还是有的。"

"那么,明天见。"

"我等你。"朝仓微笑道。

晴美在店外等待朝仓叫的计程车时,突然感觉有人拍她的肩膀。

"哇!"晴美吓了一大跳,回头一看,原来是石津。"吓死我了……你在这里干什么?"

"我是跟踪你到这里来的。"石津挠挠头。

计程车上多坐一个人也无所谓,于是晴美和石津一起上了车。

"对不起,让你担心了。"

"我还以为你们要去酒店……"

"真是的,你就这么不信任我吗?"晴美笑着说。

"但是,那个男人是色鬼吧?"

"大概……差不多吧。"

"刚才是不是有个女人凶巴巴地进去了?"石津问。

"是啊,你看到了?"

"后来那个朝仓跟她一起出来了,那个女人的车就停在路边。"

"后来呢?"

"那个女人上车离开之前,两个人热烈地亲嘴了。"

亲嘴?石津用词好土气。

"我看得都冒汗了。"

"辛苦你了。"晴美乐不可支地说。

看来朝仓接下来果然是和那个姓辻的女人见面。如果她就是决赛选手辻小姐的母亲——从两人的对话推断,这个可能性很大——那么,和她纠缠不清对朝仓很不利。无论如何,在别人眼里,这段关系都显得很可疑。

除了樱井充子落水事件,到第三天为止,基本上平安无事。但是,直觉告诉晴美,迟早要出事。

"晴美小姐。"

"什么事?"

"我饿了……能不能在餐厅附近让我下车呀?"石津认真地提出请求。

4

书房已经沦为片山的休息场所。

在这里,他可以享受一个人的安静时光,把一切纷争隔绝在外——作为刑警,这样也太悠闲了吧!

现在已经是第三天夜晚,迄今为止一切太平。辻纪子和古田武史仍然像仇人一般互不理睬,在客厅休息时也都坐在离对方最远的位置。不过,他们只是冷战而已,并没有动手。

总之,现在大家根本无暇关心他人是非。除了用餐以及饭后短暂的休息时间之外,每个人都关在自己房间里专心练琴——片山虽然没有去查房,但他确信绝没有人会在房里看漫画。

每个房间的墙壁都做过隔音处理,房门都换成了电影院或音乐厅那样厚实沉重的大门,屋里的声音绝不会传到外面。这样可以有效防止选手偷听别人练琴。

音乐比赛为何要严格到这种地步?音乐不是让人放松享受的吗?像片山这种对音乐一窍不通的人,难免会有此疑问。不过,也许这只是局外人的肤浅看法。那些选手从童年时代起,每天都要花数小时练琴,所以在他们看来,这次比赛简直堪比足以颠覆世界的重大事件。

会有事件发生吗?如果剩下的日子都能像前三天一样安然度过,那就太好了。

晚餐后,片山照例躲在书房里舒服地休息,不知不觉竟打起瞌睡来……

突然,门开了。

"啊,刑警先生,"微笑着走进来的是长谷和美,"打扰你了吗?"

"没有,这又不是我的房间。"

片山总觉得长谷和美像他小学时的班长,只是体形大了几号。当面对稚气未脱的长谷和美时,片山总摆出一副老大哥的样子。或者说,正是因为在她身上感受不到女人的性感气息,所以片山才能镇定自若。

"其他人呢?"

"他们在客厅里弹钢琴,大家难得在一起热闹热闹。"

"你也应该和他们一起玩啊。"

"我喜欢独处。"

"哦……"

这是暗示我离开书房吗?在这方面,除非对方打开天窗说亮话,否则片山就不知该如何是好。为什么女人都喜欢拐弯抹角地说话呢?就是因为这样,我才会每次都被女朋友甩掉。

正当片山忙着转嫁责任的时候,突然感觉一个软乎乎的物体碰到了他的手。好像是福尔摩斯脚底的肉垫，又柔又暖。它是什么时候进来的？至少应该叫一声再进来呀。

片山猛地转过头，却看到长谷和美的脸。在同一个房间里当然会看到，只是现在他们距离非常近，连三厘米都不到。片山的眼睛都快挤成斗鸡眼了。

和美突然伸手抱他，片山终于回过神来，慌忙扭身躲避。

"请不要这样！你干什么？"他拼命后退，从沙发跌坐到地上。

"刑警先生……"

和美压在了片山身上。好重！她并不十分高大，但身材丰腴，颇有重量，压得片山喘不过气来。

"喂！快起来！——救命呀！"

如此没出息的刑警可不能让外人看到。

"刑警先生……求求你，让我打一通电话吧。"

"什么？"

"把你房间的钥匙借给我，一个小时就够了。"

"电……电……电……"片山其实是想说，"按照规定，你不可以打电话。"

"我知道不可以，所以才求你的。我都快疯了，让我打个电话吧！"

你已经疯了，片山想。

"刑警先生，如果你让我打个电话，下次，我可以到你房间去。"

"这……是什么话……"

娃娃脸的和美居然说出这种话,片山吓得两眼翻白。

"求求你了!"

长谷和美说着伸手卡在片山脖子上。

"不,不要!"

"求求你让我打个电话。我不想勒死你,但是我的手指力量很大哦。"

这一点片山倒是很清楚。胖乎乎的长谷和美手指很长,骨节突出。所有选手都一样,都有一双小提琴家的手。

"放开我!"

"你是想死还是给我用电话?"

从原则上来说,结论显而易见。即使是"电话之父"贝尔,也不会认为电话比生命更重要吧!

"你是不是觉得我不会杀你?"和美结结实实地骑在片山身上,"我就说你对我意图不轨,在抵抗时失手把你勒死了,大家一定会相信的。"

和美的手指逐渐用力,片山拼命想扯开她的手,可是一点儿用处也没有。可恶!福尔摩斯跑到哪里去了!?

这时,伴随着《威廉·退尔》①序曲,突击队员出现了——

---

① 《威廉·退尔》是意大利作曲家罗西尼创作的著名歌剧,根据席勒的同名剧作改编,讲述了13世纪瑞士人民反抗压迫、争取民族独立的故事。

不，是辻纪子推开门进来了。

"哎呀——对不起，打扰了你们的好事。"

长谷和美立刻放开手站起来。片山像迷失在雪山的旅人突然穿越到新宿步行街一样，傻呆呆的不知该做何反应。

"真没礼貌！你不知道应该先敲门吗？"和美怒气冲冲地朝辻纪子开炮。

"这里是大家的公用书房，做那种事最好到自己的房间去。"辻纪子不甘示弱。

"我们只是在谈话。"和美说着，用脚踢踢片山的侧腹部。片山一跃而起。

"你们谈话的姿势未免太奇怪了。"

"你管不着！"

两个人针锋相对，火药味十足。

"你这个假正经的贱人！"辻纪子说。

"哼，你的绯闻不也从没断过！"

"没错，可是我不会像你那样伪装成大家闺秀。"

这两个人随后的互相谩骂已经超出片山的理解范畴。吵架声越来越高，连客厅里的人都被吸引过来。

"和美小姐，你冷静点儿！"玛莉上前劝架，"我们到那边去吧！"

"放开我！"

玛莉的举动反而产生了反效果。和美甩开玛莉的手，向辻纪子扑过去。

两个人纠缠着倒在地上。

"快来阻止她们啊!"玛莉大声喊叫。

片山刚从险些被勒死的打击中清醒过来,好不容易站直身体,看着两个女生打架却无意阻止,唯恐再次殃及自身。

其他人也不插手,而是兴致勃勃地观战——这时,片山注意到只有植田真知子不在场。

"你这个疯子!"

"我要杀了你!"

和美与辻纪子在地上翻来滚去,打得不可开交,现场唯有玛莉一个人急得团团转。

"快去拦住她!"玛莉抓住片山的手臂说,"万一手受伤的话……"片山一惊,只见和美正朝辻纪子的手咬去。

原来如此。本来他就觉得即使两个人都变得歇斯底里,这场打斗也太过突兀。说不定是和美存心挑起事端,想借机弄伤辻纪子的手。

片山多少还有些职业道德(真不愿这样形容他),既然是为了保护他们而来,就有责任劝架。

但一想到或许又会被勒住脖子,片山就吓得裹足不前。最后,他终于鼓起勇气大吼一声:"你们两个,住手!"然后,他抓住辻纪子的肩膀,用力一拉,嘶啦一声,辻纪子的上衣应声裂开,露出肌肤。片山惊呆了。

"你干什么!?"

辻纪子抡起胳膊,一拳击中片山的下颚,片山向后飞出,脑袋撞到书架。他仿佛看到一片飞舞的火花,紧接着陷入黑暗之中。

"不要紧吧?"

片山一睁开眼睛就看到福尔摩斯的脸。

"醒过来了,太好了!"

片山觉得奇怪,福尔摩斯什么时候会讲人话了?随后他看到了樱井玛莉的脸。

"哦……原来不是福尔摩斯在讲话啊。"

"什么?"

"不……没什么……"片山想起身,但头痛欲裂,忍不住发出呻吟。

"多躺一会儿吧。"

"不,不要紧,这里是……"

原来还在书房,还没到天国。

房里只有樱井玛莉——不,还有福尔摩斯。

"大家都回房休息去了。"玛莉说。

"打架那事后来怎么样了?"

"托你的福,没事了。"

片山试着回想了一下,他被击中头昏过去,没有再去劝架呀!玛莉笑着说:"你不是昏过去了吗?辻纪子吓了一跳,以为你死了，脸都吓白了。"

"所以就不打了？"片山苦笑道，"我也算有一点儿功劳……"

"可是她们两个为什么会大打出手呢？"

"因为那位长谷大小姐想勒死我。"

玛莉瞪大眼睛。片山心平气和地讲述了事情的始末。

"原来如此……本来我就认为她一定不像外表那么幼稚单纯。不过，如果不是好强之人，也不会走到这里。"

"如果勒死一个人，就能夺冠吗？"

"你准备逮捕长谷小姐吗？"

"不……说不定我反而会因为施暴而被捕呢。"

"大家都很烦躁。三天来被牢牢禁锢在这里，对年轻女孩儿来说是一件很痛苦的事。"

片山想，真是这样吗？长谷和美会不会只是在演戏？如果她刚才咬了辻纪子的手，辻纪子就不能参加决赛……

"喂，福尔摩斯，你也太冷淡了吧？"片山向福尔摩斯抗议。

"真有意思，"玛莉笑着说，"你就像在和人说话一样。"

"它呀，比人还骄傲呢！"

片山说着站起来，但脚步蹒跚，只好急忙抓住书架。

"小心！"

玛莉也站起来。这时，福尔摩斯突然全身紧绷，尖叫一声。

"喂，怎么了？"

福尔摩斯这样尖叫很不寻常。

紧接着,一阵天摇地动。

"地震了!"

"趴下!藏到桌子底下……"片山话一出口才想起书房里没有桌子。地面摇晃得越来越厉害,片山处于极不利的位置。

抓住书架并没错,可是书本却不断从上面砸落。

"好疼!"

一本砖头似的百科全书正好砸到头上的伤处,片山栽倒在地上。

如果书架倒下来,那就万事休矣。片山紧闭双眼,听天由命。

震动终于慢慢结束了。

"啊,我以为死定了。"趴在地上的玛莉喘着气站起来。

"大概是过去了……好厉害的地震啊!"

片山抚摸着额头,推开身上的书,站起来。不料一阵轻微的余震袭来,又一本书掉下来,再次击中片山。

"疼!"片山倒地不起。玛莉忍不住笑出声来。

"有什么好笑的!"片山抱着头又站起来。

"对不起,可实在太逗了。"玛莉说着又笑得弯下了腰。片山无可奈何地也跟着笑起来。

"平安无事就好。我看这次地震有四五级吧。"

"其他人一定也很紧张。"

"对了,我得去看看是否有人受伤。"

片山朝大门走去。福尔摩斯窜到他面前,大叫一声。

"走开！你怎么了？"

福尔摩斯走到书架下面，抬起头向上看，然后又叫了一声。

"嗯，书架太可恶了，你就在上面磨爪子吧。"片山看看书本几乎掉光的书架……

"奇怪！"

"怎么了？"玛莉露出疑惑的神情。

"你看……最上面的架子……"

"最上面？"

"你看，只有那五六本书没有掉下来。"

"哦，也许是那几本书特别重吧。"

"那也应该向旁边倾倒，不会稳固地立在那里……"片山把沙发推到书架下面站上去，但是他的脚陷进沙发垫里，还是够不到上层。他只好踩着书架伸手去拿书，结果却把五本书的书脊一把撕掉了。"哎呀！原来是伪装，这不是书。"

"那究竟是什么？"

片山下来时，手里拿着一台录音机。

"怎么会有一台录音机？"

"这不是普通的录音机，它能接收FM信号。"

"为什么要放在那里？"片山歪着头想了想。

"反正有录音，听听就知道了。"

片山把磁带倒回去一段再按下开关，机器里传来小提琴的乐音。

"这是什么曲子？"

"这是……"玛莉露出难以置信的表情,"这是我们正在练习的新曲,听这琴声大概是……"小提琴声突然中断,传出说话声:"这里是不是应该加快节奏?"

"那是大久保的声音。刚才听到琴声,我就想到是他。"玛莉断言。

"就是说,他被人窃听了。他的房间里装着窃听器,而在书房的录音机可以接收到信号。"

"谁会做这种事呢……"玛莉惊呆了。

"奇怪!决赛选手不可能有时间装这个玩意儿,这可不是一件简单的事……八成是早就装好的。"

玛莉在沙发上坐下。

"太过分了!我们那么拼命地练习……"

"我们把这个放回原处吧,"片山说,"应该有人会来拿磁带,到时候就知道是谁干的了。"

他又爬上书架,把录音机放回去,再把假书脊小心翼翼地整理好。

"其他的书也要摆好,否则会打草惊蛇。你也来帮忙吧。"

"好,可是排列顺序……"

"只要摆回去就好了。福尔摩斯,你不帮忙吗?"

福尔摩斯扭过脸,似乎不屑理会这种无理要求。

"没事吧?"

"真是吓死我了……"

大家确实都吓坏了,纷纷停止练琴,来到客厅。

"有人受伤吗?"片山问。

"好像没有。"古田环视了一圈在场的人。

"真知子不在。"玛莉说。

"对了,只有她没有出来,"古田说,"会不会在厨房里?"

"她到厨房干什么?"辻纪子打趣似的说,"如果地震时菜刀掉下来,不是更危险吗?"

"大家都没事就好。"市村智子走进来。

"厨房没事吧?"片山问。

"炊具都打翻了,一地狼藉,不过我已经整理好了,"市村智子看着大家,继续说,"请问,你们有谁从厨房拿走了一把刀?"

众人面面相觑。

"怎么回事?"片山问。

"嗯……是一把水果刀……我找了很久都没有找到,我想可能是有人拿去削苹果了吧。"

"地震前,水果刀还在吗?"

"是的,我把全部物品清点妥当才回房间。"

"地震时你在房间里吗?"

"是的。不过……"市村智子红着脸说,"那时候我正在洗澡,真不知该如何是好。"

"那还算好的,"辻纪子说,"当时我正在卫生间,那才叫倒霉呢！"

大家都笑了，只有片山仍然一脸严肃。

"我去植田小姐的房间看看。福尔摩斯，你也来。"

片山快步走出客厅，玛莉跟在后面。

"她不会……不会出什么事了吧……"

"希望没有。"

片山跑上楼梯。植田真知子的房间就在前面。

"植田小姐！"

"真知子！"

片山用力敲门，玛莉则屏息盯着房门。

房门打开，真知子伸出头来。

"什么事呀？"

"真知子！"玛莉长长地舒了口气，"你没事吧？"

"你看见了，我很好。刑警先生也来了，究竟发生了什么事？"

"没……没事，"看到真知子平安无事，片山安下心来，笑着说，"我是担心你在刚才的地震中受伤。"

"地震？"真知子一头雾水，"什么时候地震了？"

"你不知道有地震？"玛莉惊讶地问，"那你刚才在干什么？"

"我在练琴呀。哦，对了，刚才好像的确有一点儿摇晃，不过我拉琴时也有摇摆身体的习惯，所以没放在心上。"

当晚，片山心里依然七上八下。失踪的水果刀到底在哪里？还有，那个窃听用的录音机又是谁安装的？

5

晴美被电话铃声吵醒。

她瞄了一眼闹钟,早晨八点整。对了,昨天晚上地震了……

还没等晴美起床,就听到有人接起了电话。

"喂,这里是石津家。"

对啊,石津昨晚在这儿过夜。不过,什么石津家!他八成是睡糊涂了!如果打来电话的人是哥哥,他就死定了。

"哦,您……您好……早晨好。"

听石津的口气,果然是哥哥。晴美急忙走出卧室。

"让我接吧。"

"晴美小姐,我不小心就……"

"好了,我知道了。"

电话那一端传来片山气急败坏的吼叫,晴美只能听清"臭小子""我要杀了你"等字眼,只好暂时把话筒拿远一些。不久,电话那头安静下来,片山好像已经没力气再骂,晴美才开口:

"哥哥,早安。"

"晴美吗?你到底是怎么回事?"

"等一下,你知道昨晚地震了吗?"

"当然知道。"

"哦,哥哥居然知道!了不起!"

"别总拿我开心!"

"昨天我回来一看,屋里乱七八糟的,廉价公寓就是不行啊!后来我请石津先生帮忙整理,等收拾完都快天亮了,所以我就让石津先生住下了。"

"这样啊。不过,你们之间……没怎么样吧?"

"我要不要去开一张节操诊断书给你看看呀?"

"不,不用了。我这边也很麻烦。"

"发生什么事了?出人命了?"

"没出人命!你不要那么兴奋好不好!——我想调查一件事,你帮我给栗原课长打个电话。"

"你自己打不行吗?"

"我要二十四小时盯着这些选手。"

"有意思。说吧,调查什么事?"

"你让课长查查给这幢房子做内部装修的是哪家公司。房间里有窃听器,肯定是装修工或者其他进出这里的人安装的。"

"明白了,"晴美睡意全消,飞快地把这件事记录下来,"窃听器吗?……每个房间都有吗?"

"不知道,现在最重要的是抓住嫌犯。而且,还有一把刀丢失了,这件事也让我很担心。"

"刀？"

"是啊。也许只是暂时找不到，总不能因为这个就搜查每个人的房间吧。"

"说的也是。大家都还好吧？"

"除我之外，其他人都很好！"

"怎么回事？出什么事了？"

"先是被勒住脖子，接着又挨打，然后昏过去，如此而已。"

"哦，"晴美轻描淡写地说，"既然你还活着，那一定不算严重。对了，你那边有一个姓辻的女孩子吧？"

"有啊，辻纪子，她怎么了？"

"昨天……"晴美把朝仓和一个可能是辻纪子母亲的女人纠缠不清的事讲了出来。

"嗯，那些决赛选手的家长很有可能会做出这种事，"片山说，"你今天要去朝仓家吗？"

"是啊，昨天虽然地震了，但还没到房倒楼塌的程度，我打算去一趟。"

"你要小心。"

"没事，我又不是去见杀人狂。"晴美轻松地说。

"欢迎欢迎。"朝仓露出微笑。

"厚着脸皮前来拜访，真不好意思……"

"哪儿的话。昨天发生那么大的地震，我以为你多半不会来了。"

身穿高级英国毛衣的朝仓一派大师风范,在家里也像站在指挥台上一样魅力十足。

"请进吧。"

"打扰了。"

这幢白色的欧式宅邸,外观看起来无懈可击。这么漂亮的房子还要装修?晴美心生疑问。

她被带到宽敞的客厅,透过落地窗可以看到阳台和大片草坪。

"你要喝什么?……你白天是不是不喝酒?"

"嗯……红茶里加点儿威士忌还是可以接受的。"

"好。"

朝仓让女佣准备红茶。他坐在沙发上,对晴美说:"昨晚实在很抱歉。"

"没事。不过,昨晚那位女士是决赛选手辻纪子小姐的……"

"是她的母亲。也许你认为这样不太好,但是,主动找上门的女人太多了,我只是来者不拒而已。"

朝仓坦诚相告,晴美反倒释怀了。倒不是艺术家就可以随意胡来,只不过对方并非不懂事的小女生,而是有足够理智和鉴别能力的成年人——而且,钻石王老五朝仓和美女们的绯闻反而让他的吸引力上升。

"参加音乐大赛的选手们一定很辛苦吧。"晴美说。

"现在是最艰难的时期,"朝仓点点头,"刚开始的时候,大家都很放松,每个人都对自己的实力充满自信,我行我素,不在意他人如何。"

晴美专心地倾听。

"到了决赛前一天，大家也会很冷静。他们都不是第一次上台表演，而且，充分的练习也增加了他们的信心。然而，中间阶段是最痛苦的，尤其是对新曲的诠释。有些人很快就能把握新曲的意境，而另一部分人则做不到这一点。做不到的人看到别人胸有成竹的态度，会更加焦虑不安……"

这时，佣人送来红茶。

"你和你哥哥有联系吗？"

"我们通过电话。到目前为止，好像一切顺利。"

"那就好，希望这七天都能平安度过。"朝仓由衷地说。

"请问，府上是什么地方在装修呢？"晴美忍不住问。

"哦，就是上面的房间。算是音乐室吧，里面有钢琴和音响，不过现在暂时放在了别处。"

"是要把房间拓宽吗？"

"不，是要稍微缩小一点儿，因为要加装隔音设施。"

"哦。"

"原来只是把地板加厚，四周的墙壁和窗户都保持原样，结果邻居抗议钢琴声吵到他们，所以又动工装修。"

"真麻烦啊。"

"是啊，居然有人把贝多芬的音乐视为噪声，难以置信。"朝仓摇头叹息。

"装修已经结束了？"

"还没有，才完成了一半。你要看看吗？"

"是啊……我一直想看看音乐室是什么样子。"

"装修的时候也许可以看得更清楚，跟我来吧。"

晴美跟着朝仓来到二楼。晴美并不是对"音乐室"感兴趣，而是猜测"另一份乐谱"可能会在那里。

朝仓或许会把这种重要的东西藏起来。可是，说不定他觉得夹在其他乐谱中更加安全，而且他以为压根儿没人知道这份乐谱的存在。若是把东西费尽心机地藏起来，也许更容易引人注意……

"就是这里。你等一下，里面太乱了。"朝仓说完便推开厚重的房门，独自走进去。这扇门正在进行隔音改造。

晴美开始欣赏挂在走廊墙上的照片。

其中有朝仓和美国指挥家伯恩斯坦以及小提琴家斯坦因并肩站在一起的合影，似乎是在某次纪念音乐会上照的，照片下附有英文说明。

晴美正在阅读说明，房里传出吧嗒一声，好像是关上某件家具柜门的声音。难道朝仓把乐谱收到柜子里去了？

房门开了，朝仓探出头："让你久等了，请进吧。"

这是一个比客厅更大的房间，一股刺鼻的稀释剂味道扑面而来，晴美不由得皱起眉头。

"味道很重吧，"朝仓微笑着说，"那是黏合剂的味道，隔音材料全部都是用强力黏合剂贴上去的。"

晴美用手摸摸墙壁，上面是略有弹性的波浪板。天花板则布满不规则的方格。

"这些隔音材料可以巧妙地反射声音，产生适度的回音，规则的方格反而做不到这一点。"

房间里没有类似柜子的家具，刚才那声音从何而来？

正对房门的墙壁已经被打掉了，留下一个很大的空洞，正好可以看到下面的庭院。距离草地约两米高的地方搭了一个脚手架。

"这一边的窗户要拆掉，所以干脆连墙一起打掉了，这样比较快。"朝仓说。

"这里的景色真美！"

"是啊。"

外面的围墙几乎与二楼的地板一样高。

"本来可以从这里俯视庭院，为什么非要拆掉窗户，只装一堵墙呢？"晴美问。

"你看到对面的房子了吧？"

"看到了。"

"那家的主人不知道为什么，对古典音乐深恶痛绝。"

"哦？"

"我在这里听莫扎特，他都嫌太吵。那可是莫扎特啊！又不是柏辽兹！真是个不解风情的人。"

"所以要把这一边全部用墙堵住吗？"

"是的。这样对我也好，省得一进屋就看见那栋房子，"朝仓微笑着说，"我们出去吧，黏合剂的气味闻久了会头疼。"

"好的。"

在朝仓的催促下，晴美走出了音乐室。

回到楼下的客厅，朝仓谈起了世界著名指挥家的逸事、指挥管弦乐团的要诀以及关于指挥棒的趣闻。晴美并不是古典音乐通，但是朝仓谈吐幽默诙谐，晴美听得津津有味。

谈话告一段落时，电话铃响了。

"失陪一下。"朝仓起身去接电话。

"是……我是朝仓。哦……是栗原先生啊。"

晴美想，栗原一定是打电话通知朝仓那件事。

"你说什么？有窃听器？"

朝仓声音激动，面泛潮红。

"我知道了，真是可恶！——关于装修公司，只要问问事务局就知道了。是的，无论如何都要查出是谁干的……没错，查出来后立刻取消参赛资格。"

晴美轻轻叹了口气。她对朝仓得知此事之后的反应很感兴趣，但是从表面上看，朝仓的态度十分自然，毫无破绽。

晴美站起来，不经意地向草坪望去——瞬间，她双目圆睁。

"那么，一切拜托了，我会再打电话的，"朝仓挂断电话，怒道，"太不像话了！大家拼命努力才获得今天的成绩，结果一个害群之马……"

"朝仓先生——"

"哦，对不起……我太生气了！"

"朝仓先生，有人倒在那里！"

"什么？"

"那里有一个人。"

顺着晴美手指的方向，只见一个男人趴伏在草地上，可以看到他的衬衫、领带、裤子和皮鞋。是男性常见的打扮，只是没穿西装上衣。

"是……须田！"朝仓目瞪口呆，"他是事务局局长，可是，他怎么会……"朝仓打开玻璃门走向草坪，晴美跟着他来到外面。

朝仓蹲下查看，很快抬起头说："他死了。"

他的语调十分呆板。

"快打110报案。"

不愧是生长在刑警之家，碰到这种事，晴美毫不慌张，朝仓反而显得茫然不知所措。

无论如何，尸体，晴美见多了，可以称得上应对老手。朝仓也许是第一次接触尸体，不知所措也难免。

"朝仓先生！"

晴美又喊了一次，朝仓这才清醒过来。

"哦，这……可不得了了。不好意思，你能帮我打电话报警吗？"

"好，我这就去。"

晴美拿起客厅的电话时，朝仓好像突然想起什么似的，说：

"等一下,那位课长是叫栗原吧?"

"是的。"

"你和他联络吧——不,还是我自己来吧。"

"好的。"

朝仓从晴美手里接过电话。晴美看着朝仓拨号,忽然又转念走向玻璃门,凝望着草地上的尸体。

直到刚才为止,草地上都没有尸体,那么,尸体究竟是从哪儿冒出来的呢?

他不可能是翻墙过来的,难道还有其他入口可以进来吗?关于这一点,警方一定会详细调查。

"拜托了……我在家里等着,"朝仓挂断电话,"难得请你来玩,没想到居然会发生这种不幸。"

"没关系,我已经习惯了。"朝仓闻言一惊,晴美急忙解释道:"因为……哥哥是刑警,我经常听说这种事。"

"哦,原来如此。"朝仓点点头。

"那个人……是叫须田吗?"

"嗯,他是事务局局长,这次音乐比赛就是由他一手筹办。"

"他本来就要来这里吗?"

"没有啊,我也觉得奇怪,他怎么会死在这里?"

"从哪里可以进入草坪?"

"从这个玻璃门。"朝仓说着摇摇头。

"但是……如果从房屋边上绕过来……"

"不，只能从这个门才能进入草坪。"

"那可怪了，如果他早就倒在那里，我们应该早就看到呀！"

"是啊，我也觉得奇怪，好像突然冒出来一样。"

"是的……"

是从二楼摔下来的吗？音乐室里朝向草坪的那面墙是一个大洞……但是在那空荡荡的房间里，须田根本无处躲藏……而且，那个脚手架向外突出很多，如果从那里掉下去，应该会落在更远处。可是，尸体却是在玻璃门外紧靠阳台的地方。

围墙很高，很难把尸体从外面丢进来。况且现在是大白天，一定会有人看到。

晴美想，该轮到福尔摩斯出场了。

"不好意思，我能借用一下电话吗？"晴美问朝仓。

"当然可以。我去通知女佣，否则她看到尸体会吓昏的。"朝仓的情绪似乎恢复到能开玩笑的程度了。

朝仓一走，晴美立刻拿起电话。

现在，我们把时钟的表针拨回到早上七点钟。

吃早餐时，片山哈欠连连。

"刑警先生，你好像很困的样子。"真知子笑眯眯地说。

"大概是和某人通宵谈心了吧。"辻纪子撕下一块法式面包，揶揄地说。

"你是在说我吗？"长谷和美挑衅似的问。

"哎呀,是你自己心里有鬼吧。"

"你说什么?"

"停!"片山忍不住怒吼,"我可不想再昏过去一次了。"

辻纪子听到这话,惭愧地沉默不语。

其实,片山昨天整晚埋伏在书房里监视。他认为可能会有人来拿磁带,结果却是白费工夫。

说是埋伏,其实书房里根本没有躲藏的地方,最后片山只好蜷缩着藏在沙发背后,搞得腰酸腿疼。

今天的早餐时间比平时安静。平时——虽说只有三天——女生之间会聊很多,彼此也会开开玩笑。然而,到了今天,可以明显地感觉到气氛紧张。

可能是因为睡眠不好,本来就很紧张的大久保靖人脸色灰暗,几乎没怎么吃东西。

"大久保先生,你怎么不吃饭呢?"玛莉关心地问。

相对而言还能保持平常心的只有玛莉和古田武史,以及大块头丸山才二。

"我没有食欲。"大久保微笑着说。

"这样可不行,还有三天,不吃东西会受不了的。"

"玛莉说得对,"丸山把一片火腿塞进嘴里,"人是铁,饭是钢,不填饱肚子怎么战斗啊。"

"我有个想法,"玛莉提议,"难得大家聚在一起,今晚办个音乐会吧。再不放松一下心情,我看大家都要去吃胃药了。你们觉得怎么样?"

从意想不到的地方传来附和声。比大家早一步吃完饭,正在角落用前爪洗脸的福尔摩斯恰到好处地叫了一声。由于时机配合得太好,大家全都笑了起来。

连大久保靖人也忍不住露出笑容,沉重的表情顿时放松下来。

"看,连福尔摩斯也在说'好'呢!"

"真是一只有趣的猫。"真知子说。

其实,她根本就不知道这只猫到底有多有趣。总之,因为福尔摩斯的"附和",玛莉的提议就这样稀里糊涂地通过了。

"那么,演奏什么呢?不会只有小提琴吧。"

"我可以弹钢琴。"长谷和美说。

"好像没有更多的乐器了。"玛莉说。

"可以踩住猫尾巴听它叫。"辻纪子刚说完,福尔摩斯立刻张大嘴巴嘶吼一声。

"开玩笑的,别生气嘛!"辻纪子似乎心情很好,"这只猫真能听懂人话啊。"

"光有演奏者没有听众也不行,就分成两个人一组吧。"玛莉说。

"谁和谁一组?"真知子问。

"抽签决定,不管抽到和谁一组,都不能挑剔。"

"可我们有七个人,有一个人要落单了。"

"不,有八个人呀。"辻纪子说着,看向片山。

"我可不行，"片山急忙说，"我连吹口琴都不会。"

"总要会点儿什么吧？比如吹口哨？"

"也不会。"

"那唱歌也行。"

"我五音不全。"

"世界上居然真有这样的人啊！"辻纪子一本正经地惊叹。

"好了，先抽签吧。"玛莉精神百倍地说。

"如果是男女配对就好了，"真知子说，"两个男人在一组多别扭。"

玛莉很快把纸巾撕成八块，每两块做上相同的记号。

"请抽签吧，片山先生先请。"

片山不想破坏难得的和谐气氛，只好服从。

"我抽到的是二分音符①，可能是因为我经常囊中羞涩吧。"

接着，其他人也默默地抽了签。

"谁是四分音符？"玛莉问。

"是我。"真知子说。

"我也是。还请多多指教。"丸山才二对真知子说。

"哇，我的压力好大啊。"

"别担心，我块头虽大，胆子却很小。"丸山说。

---

① 二分音符和下文提及的四分音符及八分音符均为五线谱记法中的音符值。

"我是八分音符。"长谷和美说。

片山心中的一块石头落了地。若和长谷和美同组,说不定又会被勒脖子。

"我是你的同伴。"大久保说。

"哦,大久保先生是我喜欢的类型。"

"长谷小姐,这可不是决定约会对象——谁是十六分音符?"

"我是。"

"我是。"

古田武史和辻纪子同时出声。

刹那间,全场沉默。古田和辻纪子怒目相向,真是冤家路窄……

"哎呀,看来我和片山先生是一对了,"玛莉脸红了,"到时候我可能会手抖到无法演奏呢!"

"你说的是我吧。"真知子笑道。

古田和辻纪子欲言又止,最后认命地耸耸肩。

"那么,午餐后各组自行商量节目,音乐会在晚餐后举行。"

大家都对玛莉的决定没有异议。

"啊,真好喝,我要再喝一杯咖啡。"玛莉伸手拿起咖啡壶。

"对不起,刑警先生,"大久保说,"请把沙拉递给我,好吗?"

6

吃完早餐,大家各自回屋,只剩下玛莉和片山两个人留下。

"真丢脸啊!"玛莉说。

"你不用管我,我当听众就好……"片山说。

"不,我不是这个意思,"玛莉摇摇头,"我刚才表现得好像很爱出风头的样子……但我是下了很大决心才那样做的。"

"你做得很好,大家都放松多了。这可是不容易做到的呢,你真行!"

福尔摩斯叫了一声,表示赞同。

"啊,你也在夸我吗?好开心!"玛莉莞尔一笑。

福尔摩斯真会拍马屁。

"后来……有什么发现吗?"玛莉收起笑容,严肃起来。

她指的是录音机。

"昨夜我通宵监视,但是没人现身。"

"怪不得你显得那么困倦,干刑警的真辛苦啊!"

"一般这种监视工作都是有人换班的……"片山说话时狠狠地盯着福尔摩斯,而福尔摩斯则若无其事地走出餐厅,好像在说，脑力劳动者怎么可以干那种活儿呢？

"我很想和你换班，可是我还得练琴……"

"你不用在意，这是警察份内的工作。"片山说。

"但是，我很担心。"

"自己练琴时有人躲在暗处窃听，担心是正常的。"

"这是原因之一……"玛莉似乎感到难以启齿，"如果没人来拿磁带，那窃听者岂不就变成我了吗？"

片山一愣。不错，因为知道这件事的除了片山自己，就只有玛莉。

"这……我真没想到。"片山说。

"这样可当不了优秀刑警啊。"玛莉笑道。

"是当不了。"片山也点头承认。

片山一回到房间就给晴美打电话，就是八点钟石津接起并引来一顿臭骂的那通电话。

片山拜托晴美把窃听器的事告诉栗原，之后再次向书房走去。

他觉得，如果有人来拿磁带，与其在容易引人怀疑的半夜，倒不如趁大家都专心练琴的白天行动。而且，片山推测，上午十一点左右嫌犯最有可能下手，这是他深思熟虑后得出的结论。

片山轻轻推开书房的大门，房间没有窗户，一片昏暗。他开灯查看，屋里并无异状。于是，他又关上灯，躺在沙发后方。

究竟谁会来拿磁带？还是自己又会空忙一场？……片山做了一次深呼吸。

一个睡眠不足的人在黑暗寂静的房间里不打瞌睡那才奇怪。具有钢铁般意志的人不在此列，而片山的意志像是一团可以随时根据情况改变形状的橡皮泥，所以当上眼皮越来越沉重时，他便给自己找了一个很好的借口——

"先小睡片刻，之后才能清醒地监视。短时间内有人过来的几率非常低。"

片山轻易说服了自己，立刻闭上眼睛开始打盹儿。

他到底是怎么醒来的？轻微的声响？职业道德？抑或偶然？——当然是偶然。

原来我睡着了啊，片山打了一个大哈欠，正想站起来，突然头皮一麻——书架那边有人！片山听到书本挪动的声音。

是谁？屋里虽然没有开灯，但房门开了一道小缝，外面的光线透了进来。

然后，他又听到摆弄录音机的声音。啪！咔嚓！一定是在换磁带。偷看一下好了，那个人如果爬上书架，正好后背对着自己。

片山在沙发后面调整好姿势，准备探出头查看时，口袋里的寻呼机突然响了。

"别吵！"

骂也没用。他想关掉寻呼机站起来时，头上遭到一记重击，当场昏了过去。

他失去意识的时间并不长——当他摸着头站起来时，寻呼机还在响，然而嫌犯早已逃之夭夭。

书架上的录音机此刻正躺在地板上,磁带却已不见踪影。

击昏片山的是一本百科全书。

"我宁可被美女写真集打晕。"片山嘟囔着。

他好不容易回到二楼房间接起电话,劈头就听到晴美的责问:"你跑到哪里偷懒去了!"

"我怎么会偷懒?"

"那你为什么这么半天都不接电话?"

"都怪你偏偏现在打电话,窃听嫌犯都逃掉了。"

片山愤愤地说明了经过。他本以为晴美至少会道个歉:"对不起,你有没有受伤?"但没想到晴美竟然满不在乎地指责:"你在监视之前就应该先把寻呼机关掉!真笨!"

"……好吧好吧。你找我有什么事?"片山义愤难平。

"发生命案了!"

"啊?什么命案?"

"朝仓先生家里发现了一具男人的尸体。"

"真的?"

"我干吗说谎!"

"那么……被害人是谁?"

"据说是乐团的事务局局长,名叫须田。"

"哪里的乐团?"

"当然是朝仓先生所在的新东京爱乐乐团!须田还是这次音乐大赛的主要负责人之一。"

"原来如此……如果他被杀的话……"

"现在还不能确定是不是谋杀。"

"什么？你刚才不是说发生了命案吗？"

"那是为了显得更有戏剧性！不过，尸体就像突然从地里冒出来的似的。"

"从地里冒出来？"

"而且，死者不知为什么，没有穿外套。"

"没穿外套？尸体是赤身裸体吗？"

"正相反，他衬衫领带一应俱全——先不说这个，总之这具尸体出现得很离奇。"

"哦，我知道了。可是我不能离开这里啊。"

"哥哥不能来没关系，只要把福尔摩斯借给我就行了。"

片山瞠目结舌。晴美继续说："这种时候，福尔摩斯出马最适合了。我想栗原先生一定也会到现场来，到时我会拜托他派一个人去你那里支援。"

"喂，你什么时候变成警局的顾问了？"这是片山绞尽脑汁想出的唯一一句讽刺。

晴美挂断电话，朝仓回来了。

"警车应该快到了——我不太清楚规定，是不是发生了这种事，我就不能外出了？"

"不，只要事先把去向告知警方就行。"晴美回答。

"那就好，"朝仓松了口气，"我很忙，如果每次外出都要费尽口舌，就太麻烦了！"

"我去外面等他们吧。"

"我也去。不过，这个地方不难找到。"

这一点晴美也同意，因为朝仓家是一座气派的豪宅。

"还是有人留在尸体旁边比较好。请您留下，我到外面去等吧。"晴美道。

"那就麻烦你了。"

晴美从玄关出去，打开大门，来到外面的路上——真慢，怎么还没来呀！

如果那个叫须田的男人是被人杀死的，那么动机何在？会不会和集训地窃听事件有关呢？

对了，刚才朝仓在电话里对栗原说，只要问事务局就知道是哪一家装修公司施工的。也就是说，内部装修是须田一手安排的，在施工期间，他当然可以经常进出那里。

所以，他有很多机会安装窃听器，如果这就是他被杀的原因……须田装窃听器不太可能是为了自己，也许是某个决赛选手或选手的父母拜托须田这样做的吧。

晴美也知道自己毫无根据的胡乱推理意义不大，但是她忍不住去想——须田为什么会死在朝仓家里？尸体为什么突然倒在草坪上？为什么没有穿外套？

晴美突然吸吸鼻子。

有烧焦的味道——她蓦然回头,不由得倒吸一口凉气。

朝仓家的二楼烟雾滚滚,着火了!起火的地方正是那间音乐室。

"坏了!"

晴美冲进屋里,遇到正要上二楼的朝仓。

"朝仓先生……"

"我刚发现失火!灭火器在那里!"

"好的。"

玄关旁有一个灭火器,晴美将它交给朝仓,朝仓跑上二楼。

"小心啊!"晴美喊。

"不要紧,这里用的都是耐火材料,引起燃烧的是那些黏合剂。"

朝仓看上去十分冷静——晴美不安地盯着楼上,这时外面传来了警笛声。

"幸好立刻把火扑灭了。"栗原说。

"还是第一次发生这种事。"朝仓看着正在验尸的法医说。

"这种事还是不要有太多经验为妙。"栗原开玩笑似的说。调查命案,栗原是专家,即使和指挥大师在一起,也毫不怯场。而且,栗原本来就是那种一有命案就兴奋的人。

"听说死者须田是事务局局长?"

"是的,这次比赛的各项事务都由他负责。"

"这么说,窃听器事件,他也有参与的可能?"

"虽然我不愿意这么想,但是须田的确有机会安装窃听

155

器。"朝仓沉下脸。

"请不要担心，调查时，我们要考虑各种可能性。"

"拜托了。以我的立场，不能与这件事有太多牵扯。"

"我明白您的苦衷，"栗原点点头，"请问，有谁住在这里？"

"目前只有我和女佣。我和妻子已经分居，孩子也不住在这里。"

"哦，那么，须田为什么会来这里？"

"不知道，我没叫他来。"

"嗯，我去问问那位女佣好了。"

女佣三十五岁左右，是个很不起眼的女人。

"请问你是广川克代女士吗？"栗原问。

"是的。"她小声回答。

"你在这里工作多久了？"

"大概……有三年了吧。"

"你觉得在这里工作怎么样？"

"嗯，还不错吧。"

广川克代语气冷淡，像在说别人的事一样。

"朝仓先生不在场，希望你实话实说。"

"是。"

"那个叫须田的人昨天是不是来过这里？"

"这……"广川克代支支吾吾。

"请不要隐瞒，把实情全部说出来。"

"你能保证不告诉朝仓先生吗？"

"我保证。"

"他昨晚来过。"

"来这里吗？"

"是的。"

"来找朝仓先生吗？"

"不，是来找我。"

"……原来如此。"栗原感到很意外。

"非常抱歉。"

"没关系，你不用对我道歉，不过，须田是几点来的？"

"十点左右。他说朝仓先生和那位年轻小姐在一起，今晚是不会回来的。"

"原来如此。这种事经常发生吗？"

"是的。朝仓先生在这方面手脚很快的……"广川克代说到这里，干咳一声，"总之，须田先生和我洗过澡就到卧室去了。"

"你的房间是一楼最里面那间吗？"

"是的，不过当时我们去了二楼。"

"二楼？"

"是的，我们去的是朝仓先生的卧室。"

"为什么？"

"我的房间……太小了，而且……床铺……"

"哦，我明白了，"栗原点点头，"所以，你们每次都会借用朝仓先生的卧室，对吧？"

"是的，不过早晨起床后，我都会整理干净。"

"后来呢？"

"大概十二点左右，我听到朝仓先生开车回来了，吓得急忙跳起来。"

"朝仓先生回来了？"

"是的。我急忙整理好床铺，叫须田先生赶紧找个地方藏起来，然后我就下楼去了。"

"然后呢？"

"然后我就再也没见过他。后来，就发现了他的尸体。"广川克代泫然欲泣。

"哦，朝仓先生是一个人回来的？"

"不，和一个女人一起回来的。"

"你认识那个女人吗？"

"不认识。不过，并不是须田先生所说的'年轻小姐'，而是个中年女人。"

朝仓真够忙的。栗原后悔自己当初为什么没当指挥家。

"后来呢？"

"朝仓先生喝了一点酒，就和那个女人上二楼了。"

"这么说来，他和须田……"

"他们完全没有见面，我一心以为须田先生早就逃走了。"

"须田的鞋呢？"

"以防万一，我们每次都把鞋带上二楼。"

"可是……如果他从玄关出去，要打开门锁吧？"

"我没有锁门。"

"一直没锁？"

"是的。因为我想如果他偷偷溜出去的时候，开锁会发出声音，容易被发现，所以我没锁门就睡了。"

"然后就地震了。"

"是的，当时我吓坏了，从床上起来后一直在发抖。"

"地震时朝仓先生下楼来了吗？"

"没有，地震过后，我好不容易才平复心情到二楼查看。我本想在卧室外问问朝仓先生是否安好……"

"问了吗？"

"没有，因为好像……没什么问题，我听到那个女人的……声音，所以……"

"明白了。然后你就放心地回到了一楼，对吧？"

"是的。"

"后来呢？"

"后来我就一觉睡到天亮。"

"你是早晨几点钟起床的？"

"我平常都是七点钟起床，今天早晨也一样。"

"朝仓先生一般几点钟起床？"

"十点钟左右，不过也得看情况。大体上是十点钟左右。"

"今天早晨,你看到那个女人了吗?"

"那时她已经走了。"

"你没有注意到她离开?"

"是的。"

"明白了。话说回来……你知道须田的外套在哪里吗?"

"须田先生的外套?"

"是,尸体没穿外套,是不是放到别处了?"

广川克代想了想,摇摇头说:"不,不可能。我催他快走,然后我先离开了二楼卧室,但那时我看到他已经穿上了外套。"

"你能确定吗?"

"是的,绝对没错。"

那么,须田的外套到哪里去了?栗原叹了口气:"我也不愿加深你的伤痛,但是有必要的话,警方还会再来找你问话。"

"我明白。"广川克代站起来想要离开客厅。

"对了,等等……"栗原突然想起一件事,"最近,你听他提到过将得到一大笔钱或是已经拿到一笔钱吗?"

"须田先生吗?"广川克代很惊讶,"没有。他手头一向很紧,有时我还要接济他。"

"恕我失礼,不过我要冒昧地问一句……那么,你不是为了钱和他在一起喽?"

"不是。须田先生的收入用来养活妻儿已经捉襟见肘,而我只有一个人,没有太多花钱的地方……"

"我明白了,谢谢你。"栗原说。

栗原一个人在客厅自言自语:"情人横死,她居然还能够这样冷静……"这时,根本刑警开门探进头。

"课长,南田大爷好像完事了。"

法医南田坐在大厅的沙发上吞云吐雾。

"有什么发现吗?"栗原问。

"好大的房子!当指挥家这么赚钱呀!"南田每次进入正题之前都要闲扯几句废话,"要不我也改行当指挥算了。"

"真难得,你我想到一起去了。"

"胡说!你就是想买座大房子,然后在房子里养很多女人。"

"那你呢?"

"我啊,我想买很多小房子,一栋房子里养一个女人。"

"玩笑开够了吧?咱们言归正传,你有什么看法?"

"我实在不想让你失望,即便如此,我也得告诉你,死因是心脏麻痹。"

"什么?"

"没有解剖之前不能百分之百确定,但是,恐怕死者生前心脏就不好。"

"那么,这不是凶杀案了?"

"别这么失望嘛。"

"不是凶杀案……那就再好不过了……"

"别嘴硬了,"南田笑嘻嘻地说,"如果故意把人吓死,也算是谋杀吧。"

"死亡时间呢?"

"不知道他的病史,还不能确定。但绝不是刚死,我推测死亡时间是昨天半夜。"

"这样啊,"栗原沉吟道,"但是,为什么死人会突然出现在院子里呢?"

"那可不关我的事。好了,明天见,"南田把烟蒂放进烟灰缸里熄灭,"对了,你们的咨询顾问来了。"

"顾问?"

"你看,它正在草坪上到处闻呢,也许真能发现重要线索。"

栗原向外一看,只见一个毛茸茸、黑褐相间的背影正在草坪上移动。

"不好意思,"晴美说,"我请求根本先生让我把福尔摩斯带进来了。"

"哦,没关系……老实说,也许小猫的用处更大呢。"

片山这时候肯定在打喷嚏。

"课长,"根本走过来,"我查看过二楼了。"

"有发现吗?"

"起火的是脚手架,脚手架上的木板和黏合剂一起燃烧了起来。"根本回答。

"木板?哦,就是掉在尸体旁边的那个?"

"掉下去的是木板两端没有烧光的部分。木板本来搭放在两根铁管中间,中间一段被烧掉,两端的部分就掉下去了……"

"嗯,尸体正好在原来那块木板的下方。"

"但奇怪的是,如果尸体是从上面掉下来的,应该落在木板的外侧才对。"

"如果把尸体放在木板上,木板烧毁时尸体掉下来的话……"栗原说。

"不可能,"晴美说,"我最先发现尸体,后来我到外面等警车,那时候脚手架才起火。"

"这样啊!所以尸体并没有被火烧过的痕迹。"

"我在发现尸体之前,看到过二楼的脚手架,那上面根本没有尸体。"晴美说。

"哦,不管怎样,如果不是凶杀案,谈论这些就没有意义了。"

"不是凶杀案?"根本吓了一跳。

"南田说死因是心脏麻痹。"

"那么……"

"虽然尸体为何突然出现是个谜,但如果不是凶杀案,做调查也是白费工夫。"栗原似乎已对此事完全失去了兴趣。

"根本先生,你看看这个……"一个刑警拿着一块烧剩的布走过来。

"这是什么?"

"是死者的外套吧?"

"对啊……这是袖口,上面还有纽扣。这么说,只有外套在脚手架上吗?"

晴美拼命回忆自己当时不经意间看到的脚手架的样子——脚手架上好像乱糟糟地堆放着一些东西,罐装黏合剂、各种边角料等等,但她不记得看见过男人的外套。

晴美不敢肯定没有,但是如果有,多少应该有点儿印象才对。

"喵——"福尔摩斯在尸体前面的草坪上叫了一声。

"怎么了?"晴美走上草坪。

福尔摩斯抬起头,嘴里叼着一个东西。"是纽扣。这是那件外套上的吧,形状相同,只是大了一号,所以不是袖子的纽扣,而是衣襟的纽扣。可是,光找到这个纽扣又有什么用呢?"

福尔摩斯又不耐烦地叫了一声,好像在说:"这还不明白吗?急死我了!

"哦,对啊。"晴美恍然大悟。

"什么事?"根本刑警走过来问。

"你看这个纽扣……"

"哦,就是死者外套上的扣子吧。"

"你不觉得奇怪吗?袖子上的纽扣被烧焦了,可这个纽扣却完好如新。"

"对呀。"根本点点头。

"而且,这个纽扣不在脚手架正下方,而是在外侧……"

"的确很奇怪。但是,如果不是凶杀案,就轮不到我们调查。"

根本走后,晴美耸耸肩说:"福尔摩斯,就算不是凶杀案,也是一个谜团,对不对?"

福尔摩斯叫了一声表示赞同。

第三乐章

轻松活泼的快板(欢快灵动地)

1

按照早上的安排，午饭后，各个小组分散在大厅各个角落，分别商量节目。

水火不容的两个人——古田武史与辻纪子，虽然坐在一起，彼此却互不理睬。

玛莉看不下去了，说：

"拜托你们两位休战吧，最多再坚持三天，心情愉快地面对决赛，不好吗？"

"只要有他在，我就不会愉快。"辻纪子说。

"哦？你也会愉快吗？我还以为你性冷淡呢！"古田还以颜色。

"你说什么？！"

"大家都冷静点儿，"片山插嘴道，"难得合办一次音乐会，两位就别耍孩子脾气了，好不好？"

"好吧，"古田说，"只要这位女士不捣乱，我很愿意配合。"

"捣乱？你竟敢说我……"

"辻小姐！"玛莉急忙劝阻，"两位还是先决定演出曲目

167

吧，就算看在我的面子上……好不好？"

"我演奏什么都可以。"辻纪子耸耸肩说。

"就算二重奏我也没问题。"

"哎呀，最适合你的曲子不就是《小星星》①吗？"

"既然你总拿天价小提琴炫耀，那么正好玩猜价钱的游戏啊。"古田立刻反唇相讥。

"哼！"

幸好两人没有继续争吵，而是上二楼去了。

其他小组不时传出阵阵笑声，看来真知子和丸山、长谷和美和大久保都相处甚欢。

"我们也商量一下吧。"玛莉说。

"好……去你的房间怎么样？"

"我的房间？好啊。"玛莉稍显迟疑地点点头。

两人上楼时，玛莉问："小猫去哪儿了？"

"办公事去了。"片山回答。

"真逗，"玛莉笑起来，"好了，请进吧。"玛莉推开经过特别改造的厚重的隔音门。

宽敞的房间装饰一新，看起来相当舒适。屋里摆放着双人床、书桌，中央还有一个谱架。

书桌上放着一台录音机，可以录下自己的演奏，随时回放，

———————

① 儿歌曲目。

大概是朝仓的点子。

"这个房间真好!"片山由衷地感叹。

"是呀,环境的确很理想,"玛莉坐在床边,"可是我觉得似乎太奢侈了。人啊,在狭窄而又不自由的地方反而会更努力练习呢。"

"新曲的练习还顺利吧?"

"问这种事可是违反规定的哦!我要逮捕你!"

"我不一样,我是局外人,而且对音乐一窍不通。"片山苦笑。

"为什么要来我的房间商量?"

"实际上是想先在这个房间里找找窃听器——我让嫌疑犯逃掉了。"

"哦!"

片山把只差一步就抓到嫌犯的事讲了一遍。

"至少能确定你没有嫌疑。"

"是啊,我知道你在书房监视,不会笨到去那儿拿磁带。"

"没错。现在嫌犯已经知道事情败露,所以继续监视书房没有用了,我想先把窃听器拆下来,免得被其他人发现后引起骚动。"

"是啊,现在每个人都精神高度紧张。"

"所以我想先在这个房间里寻找窃听器,每个房间里窃听器的位置应该是一样的,只要找到一个,剩下的就容易找了。"

"可是,什么时候到其他房间拆窃听器呢?大家都一直待在自己的房间里呀。"

"晚饭时间比较好，我不在餐桌上，他们也不会起疑。"

"没想到你还挺聪明的嘛。"

玛莉的夸奖让片山心情十分复杂，不知道值不值得高兴。

"开始找吧，嫌犯应该没时间藏得特别复杂……不过，到底藏在哪儿呢？"

"好像很有趣，我也来帮忙吧。"

"谢谢。这个时候要是那个家伙在就好了。"

"谁呀？"

"哦，我的助手。"片山想，福尔摩斯听到这话一定会勃然大怒。

两个人几乎翻遍了整个房间，床下、桌后、灯上、椅下、壁画后面……都检查过了。

"可恨！居然找不到！"片山站起来长叹一声。

"还真难找呢。"

"我想不可能已经被拆掉，因为嫌犯没有足够的时间。"

"说不定是午饭时……"玛莉说。

"不，饭桌上没人离开那么长时间，我一直盯着呢。顶多是去趟洗手间，很快就回来了。"片山也很困惑。

"但是，嫌犯已经不再使用窃听器了，那就不要去管它了。我们找了这么半天都找不到，其他人偶然发现的可能性应该不大。"

"有道理，"遇到困难立刻放弃，这是片山的坏毛病，"那我走了，不打扰你练琴了。"

"节目怎么办？"

"哦，是啊。可是我不懂音乐，你决定就好。"

"你别逃避。"

玛莉说着坐在床上，垂下头哭了起来。

片山吓得慌了手脚，刚才玛莉还很开心，怎么突然哭了……女人就是因为情绪多变，才叫人受不了。要哭也应该在的确令人想哭的状况下、先做出要哭的表情提醒对方才对，那样对方才能在她掉泪之前赶紧逃跑嘛。

"喂……哭……对身体不好，尤其对心脏不好，"片山的意思是对他的心脏不好，"你冷静一点儿……别激动！"

语无伦次的安慰，当然不会奏效。

"哭，会消耗体内的水分和盐分。"

说出这种话，片山觉得自己简直没救了。可是，他本来就有女性恐惧症，看到女人流泪就恨不得越窗而逃。不过，即使真被逼到跳窗那一步，他还要考虑如何克服恐高症。

玛莉还在抽抽搭搭地哭个不停，片山也想哭了。

这时，玛莉猛然抬起头，呵呵发笑。

片山愣在当场。

"怎么样？装哭是我的特技之一。"玛莉得意地大笑。

"吓死我了！刚才我真不知该怎么办，差点儿就要叫救护车了。"

"除了你之外，没人知道我有这个技能，请替我保密，好吗？"

"好。"片山不禁露齿而笑。

"从小我就常常装哭,"玛莉说,"练琴真的很辛苦,连续几个小时不能休息。当我累得受不了、想休息时,就开始哭。妈妈不会因此可怜我而减少练琴时间,但至少会让我休息一会儿。"

片山在椅子上坐下来。

"真的那么严格?"

"天下的妈妈都一样,把自己没有实现的梦想寄托在孩子身上,但是孩子自己的梦想又该怎么办呢?小时候,我梦想将来当空姐或护士,可是,渐渐地,我的生活里只剩下了小提琴,我只能朝着这唯一的出路努力。"

"可是你能取得今天的成绩,证明你是有才能的。"

"是的,我也不否认我有才能,但是,才能并不是加以训练就能无限发展的,就像一个大小固定的容器中只能放进有限的东西,如果超过了限度,硬塞进去……容器会变形扭曲。"

"你认为你的才能是有限的?"

"我不知道,我以前根本没时间思考这个问题。不过,自从我来到这里,第一次想到这种事,"玛莉微笑着说,"荒谬的是,我为了备战音乐大赛来到这里,却总是胡思乱想……"

"因为每个人独处思考的时间其实并不多。"

"的确如此。迄今为止,我练琴时都有妈妈或老师在旁边盯着,即使有时妈妈不在身边,我潜意识中也觉得妈妈的眼光无所不在。到这里之后,才第一次真正摆脱了妈妈的控制,只有我和小提琴坦诚相对。"

玛莉轻盈地站起来,拿起小提琴,搭在下颌和肩膀之间,人与琴合为一体。

"我拉首曲子吧。"

"可以吗?"

"嗯,只要和决赛的曲目无关就行。就当作商量今晚的演出曲目,你听听这首行不行。"

"太好了,那么……尽量选一首简单的吧。"

片山不懂音乐,但他懂得欣赏音乐的美好。

片山曾听过这首曲子,但并不知道曲名。哀伤的旋律在房间里飘荡。

那不是弓和弦摩擦所发出的声音,而是从小提琴——不,应该说是从玛莉身体中发出的美妙音律,一波接着一波,共鸣回响。玛莉修长白皙的手指在指板上灵巧地滑动,而琴弓就像呼吸般自然地上下起伏。

片山听得心驰神往,与其说他陶醉在音乐中,倒不如说是音乐密密包围着他,渗入他的体内。乐曲在细腻动人的颤音中收尾,余韵缭绕不绝,宛如一个个无形的旋涡。

"太美了!"片山鼓掌赞美,玛莉像谢幕一般躬身行礼。

"冠军非你莫属!"

玛莉笑了:"你过奖了,其实每个人都能做到这种程度,"她高兴得双颊泛红,"可是……专门为一个人演奏真是一件美好的事,我以前从未尝试过。"

"是吗?"

"是的,为了一个特定的人……因为你在这里听,我才能充满感情地演奏。"

"我真是荣幸之至。"片山义太郎微笑着——但他的微笑立刻僵住了。

玛莉把小提琴和琴弓放在桌子上,向片山走过来。

不祥的预感升起,片山脑海中亮起了预警的红灯——过去也曾有女性以这种方式靠近片山。

同样的步伐(虽无法估计时速),同样的眼神——很多不可思议的相同之处。如果加以研究写成学术论文,说不定会引发轰动。

若在平时,片山必然会立刻后退。如果不后退,那么当一方静止而另一方不断靠近时,除非擦肩而过,否则免不了要撞在一起。

但是,片山今天似乎无法后退,他坐在椅子上,椅背挡住了他的退路,已经来不及拆除障碍了!

就在片山惊慌失措之际,终于发生了火星碰地球的事件。玛莉俯下身去,亲吻片山的双唇。

片山骤然觉得意识飘远。玛莉紧紧抱着他——如果他也能回抱玛莉就好了,但他只是任由对方把重量加诸在他身上。椅子大幅向后倾斜,两个人双双摔倒在地板上。

当然,地板上铺着松软的地毯,两人都没有受伤……他们从地上爬起来,面面相觑。

玛莉扑哧一声笑了出来："对不起。"

片山松了口气："不用道歉……我没事……我知道，大家的精神都很紧张嘛。"

"不是这样的，"玛莉坚定地说，"请不要把我和长谷小姐混为一谈！其实，从我第一眼看到你时就爱上你了。"

片山想，如果晴美在场，应该会对我刮目相看吧。

"我已经年近三十，又是个没前途的刑警，连二分音符和四分音符都分不清。在你这样的音乐家看来，我就是个无可救药的乐盲。"

虽然说得前言不搭后语，但所谓男女关系大致就是如此，门当户对很重要。片山曾经被女朋友甩过好几次，对此深有体会。

"我不会要求你和我结婚。"玛莉坐到床边。片山有了前车之鉴，依然保持站立姿势。"如果我说要和你结婚，妈妈会杀了我，不，也许更有可能会杀了你。"

"你还年轻，以后会有更多在音乐界展示才华的机会。"

"我呀……是第一次恋爱，"玛莉看着地面，继续说，"迄今为止，我连交男朋友的时间都没有，所有时间都投入到练琴上，每天只有一小时接着一小时的提琴课……"

"今后你会有很多机会谈恋爱的。"

玛莉沉默片刻，接着说："以前我曾在斯塔维茨先生门下学琴，这次的音乐大赛就是以他的名字命名的……他是个伟大的音乐家，身材魁梧，人品也很好。他听了我的演奏后说：'你没谈过恋爱吧？'他还说：'没有恋爱过的人，不能让小提琴发出真正的声音，不能让小提琴哭泣或歌唱。'"

"真希望我能帮上忙。"片山微笑着说。

"你真好。那你能不能和我上床？"

片山惊跳起来。

"那……那怎么行！其实……其实我也不是……不喜欢女人，而且你也很有魅力……但这是两回事。"

"原来你这么保守啊。"

"是的，妹妹也经常鼓励我，让我奋勇出击什么的。"

"哦，是晴美小姐？有那么好的妹妹，挑女人的眼光自然高了。"

"才没有呢。"片山说。

就在这时，他口袋里的寻呼机响了。

"对不起，有电话。那我先走了……"

"今晚的演出就看我的吧。"

"嗯，一切拜托你了。"片山走出玛莉的房间，暗暗叹息一声。

"哥哥！"是晴美打来的。

"哦，有事吗？"

晴美把事情经过说了一下，愤愤不平地抱怨道："因为不是凶杀案，他们就不想调查，气死我了。对了，你那边没闹出人命吗？"

"不要乌鸦嘴！"

"那有没有什么不寻常的事？"

"嗯？哦，没什么不寻常的……还和以前一样。"

"什么和以前一样？"

"就是我又要被甩了！"

"你说什么？"

"没什么。喂，你等一下。"片山屏息静气地侧耳倾听，某处传来砰砰咚咚的声音。"好像发生什么事了，过会儿我再给你打电话。"他放下电话，冲出房间。

其他人也纷纷打开房门探出头来。

"什么声音？"长谷和美说。

"从大久保先生的房间里传来的！"玛莉说。

片山这才发现只有大久保的房门关着。

他急忙跑过去推开房门——房间一片凌乱。书桌翻倒，录音机被摔在墙边，谱架倒在地上，满地都是乐谱，而且——连小提琴都被砸得粉碎。

然而，却不见大久保的踪影。

"大久保君！"

片山大声呼唤。只剩下浴室还没找，他急忙过去打开门。

大久保回过头来，披头散发，大而无神的眼睛茫然地看着片山。

"大久保君，你不要紧吧？——住手！"

大久保的右手拿着一把银光闪闪的刀，刀刃正对着左手腕。

"把刀给我!"

片山伸出手,刀片闪动,鲜血四溅,滴落在地板上。

"笨蛋!你在干什么呢!"

片山扑向大久保拿着刀的手,跟着进屋的古田和丸山也冲进浴室。

片山一面试图让大久保松开刀片,一面大叫:"快止血,绑住手臂!"

强壮有力的丸山压制住濒临疯狂的大久保,古田用毛巾把大久保的上臂扎紧。

大久保突然昏迷过去,全身瘫软,正和他的右手奋战的片山因此失去重心而向前扑倒,一头栽进了面前满装水的浴缸中。

2

落汤鸡片山站在门口目送救护车渐渐远去,他打了一个响亮的喷嚏,急忙转身返回室内。

走进大厅时,所有人都集中在那里,不,植田真知子不在。

然而,在场的人谁都不说话,大家只是默默地承受着沉闷的气氛。

"刑警先生,"古田说,"很冷吧?这里有电炉,我马上打开。你坐这里吧。"

"谢谢……"

电炉热度并不强,但有总比没有好。

"没有衣服可以换吗?"玛莉似乎很担心。

"等一下妹妹会送过来……"

"哦。"

片山深深吸了一口气。

"他一定是不堪重负了。"古田说。

"真可怜啊,"片山点点头,"看起来就很神经质的样子。"

"我知道他的情况,"辻纪子用少见的消沉语气说,"我曾经在其他比赛中见过他。虽然他很努力,但是因为家里太穷,不同意他继续学琴,如果他不能在知名比赛中获胜,就只能放弃小提琴。以他的年龄,这次比赛大概是他最后一次机会了。"

"如果这么想,必然更加焦虑,"长谷和美说,"其实大家都一样,总认为自己不如别人……"

辻纪子看着古田说:"要是把你换作他就好了。"

古田听了,并没有发怒,而是点点头说:"对啊,我也这么想。"

"不过……我真不明白,"玛莉像是在自言自语,"拥有贝多芬或莫扎特的音乐还不够吗?音乐究竟是为了什么、为了谁而存在的呢?如果有人因为音乐而神经衰弱,甚至寻死的话……那一定是有什么地方出错了!"

"是啊,"古田说,"音乐的力量其实是有限的。纳粹那伙人也曾为贝多芬的音乐感动,又如何呢?我觉得,音乐只是为音乐学校的经营者而存在的。"

片山闻言感到很讶异,他没想到古田是个虚无主义者。

"你的想法太可怕了,"玛莉说,"果真如此,那么我们究竟在做什么?"

"这就是现实。只有在比赛中获胜的人,才有资格让别人欣赏他的音乐,"辻纪子说,"虽然大久保先生很可怜……"

就像有意要打断她的话一样,门口传来一个声音:"各位,真了不起啊,"真知子一面走进大厅,一面说,"我认为只是少了一个竞争者而已。"

"真知子……"玛莉错愕万分,"这是你的真心话吗?"

"没错。其实大家心里不都是这么想的吗?说不定有人还希望能多减少几个人呢!"

一阵难堪的沉默。

"你,一定是胜利者。"丸山说。

"谢谢,我也这么认为。"真知子说。

市村智子探头进来。

"刑警先生,你妹妹来了。"

片山走到玄关,看到晴美和福尔摩斯站在那里,还有一个附属物——比她俩加起来都大。

"你怎么也来了?"

"晚上好,"石津笑嘻嘻地说,"是晴美小姐要我送她来的。"

"是你求她让你送她来的吧!"

"哥哥,先别说这些了,快去换衣服,不然会感冒的。"晴美把纸袋递过来。

"好吧。啊,市村女士,麻烦你带他们去书房,再拿点儿吃的东西给他们,好吗?"

"好的,两位可以在这里一起吃晚饭。"市村智子说。

"不,不用……"

片山话没说完,石津就抢着说:"好极了!我快饿死了!"

片山换好衣服来到书房,玛莉正和晴美愉快地聊天。

"哥哥，你再早一步来，就可以听玛莉小姐讲的有趣故事了。"

"什么故事？"

"某位唐璜先生追求玛莉小姐的故事。"

"喂，别瞎说！"片山苦笑，"石津呢？"

"去洗手间了。"

"上一次见过的那位刑警先生也来了？"玛莉问。

"我妹妹走到哪儿，他就跟到哪儿。"

"然后哥哥就像顽固老爸一样毫不放松地盯着妹妹。"

这时，石津推开门进来了。

"房子真大，上趟厕所要走一公里远，"他夸张地说完，才发现玛莉也在，"哦，你是……"

"上一次谢谢你陪我跑步。"玛莉向石津点头致意。

"别放在心上。你母亲平安无事，真是太好了。"石津不小心说漏了嘴。

"我母亲……我母亲怎么了？"玛莉花容失色。

"没……没什么——没有生命危险。"石津越描越黑。

"快告诉我，究竟发生了什么事？"

"玛莉小姐，不要激动，"晴美安慰道，"其实，你母亲掉进水池里了。"

"水池？是那个公园的水池吗？"

"是的，"石津说，"夜里散步时不小心掉下去的。"

"不可能，我母亲不会……"

事到如今,还是全部说出来比较好,再隐瞒下去,反而会引起不必要的恐慌。于是片山说:"其实,她好像是被人推下去的。可是你母亲坚持说是她自己掉下去的,也许是不想让你担心吧。而且,她请求我们绝对不要把这事告诉你。"

"对不起,"石津挠挠头,"我不小心说漏了。"

"不,没关系。"玛莉静静地说,看来她的情绪已经稳定下来,"谢谢你们告诉我实情。对于这件事,我想说,我母亲一定是被人推下去的。"

"你知道是谁吗?"石津兴奋地拿出笔记本。

"一定……是'我的母亲'。"

片山、晴美、石津三人面面相觑,大惑不解。

玛莉立刻补充说:"我说的是那个自称是我亲生母亲的女人。"

"亲生母亲?"晴美惊讶地说:"那现在的母亲是……"

"妈妈说那女人是疯子,大概三个月前她出现在我面前,口口声声说我是她的女儿……"

"我知道了,"晴美回忆起往事,"就是那次在餐厅外面的那个人吧?"

"是的,这么说来,你也看到她了?"

"我还记得,当时我就觉得那个女人看起来很奇怪。"

"她不断地给我妈妈打电话,或在我家周围徘徊。妈妈一定是被她推下去的,否则妈妈肯定会说出是谁,她肯定是因为怕我担心才没有说。"

"看来得派人保护你母亲了,"片山说,"石津,那是你们的辖区吧?你通知一下警局,让他们在樱井小姐家附近加强巡逻。"

"好。电话在哪里?"

"在我房间里,这是钥匙——算了,我也去吧。"

片山和石津打完电话返回书房时,晴美不见了,只有玛莉茫然地坐在沙发上。

"啊,晴美小姐找小猫去了。"

"那我去找晴美小姐……"石津也走了。

"不要紧吧?"片山关上房门,问道。

"嗯……只是觉得有点儿累。"

"我了解。可是你不用担心,警方已经安排好人手保护你母亲。"

"对不起,给你们添了这么多麻烦。"

"不要这么说,只要你在决赛时全力以赴就行了。"

"这件事……真叫人烦心,"玛莉说着低下头,"大久保先生自杀未遂,还有母亲的事……那个奇怪的女人出现时正是决赛选手名单将要公布的时候,这两件事可能有一定联系。"

"目的是要扰乱你的情绪吗?"

"为了得到胜利,竟然要做到这种地步吗?"玛莉说,"我真不明白,胜利之后得到的和失去的,究竟哪一种更多?"

玛莉哭了,眼泪潸然落下。那不是演戏。

片山睡得很熟。

半夜里熟睡是理所当然的,但是,作为一个身负保卫责任的人来说,睡得太死就麻烦了。

幸好片山有一个千金难买的闹钟,那就是福尔摩斯。也许是睡眠很浅,也许是感觉敏锐,反正只要稍有动静,福尔摩斯就会立刻清醒。正因为有可靠的"闹钟",片山才敢呼呼熟睡。

这是第四天夜晚——其实已经过了半夜,应该说是第五天凌晨。此刻是凌晨两点钟。

片山觉得有个凉凉的东西在触碰他的脸。

"不要吻我——"他糊里糊涂地说着梦话,但当他听到喵的一声时,便清醒过来。

"原来是福尔摩斯啊,"片山坐起来打了个大哈欠,"到早餐时间了吗?"他看看表。

"现在是半夜两点——喂,你太不像话了吧?"片山忍不住发牢骚。

福尔摩斯向着房门短促地叫了一声。

"什么?你是说外面有人?"片山披了一件睡袍下床,"真冷,这一带怎么这么冷!"他嘴里嘟囔着,悄悄打开房门。

走廊上很暗,几乎看不见尽头。片山努力凝神眺望,发觉走廊里好像有个蠕动的影子。

有人!片山顿时紧张起来,瞌睡虫也飞走了。

他摇摇头，揉揉眼，凝神屏息地注视着黑暗之中。随着眼睛渐渐适应黑暗，他看到了一个人的轮廓。

但是，那个人也太胖了，这里有这么胖的人吗？——就在这时，那个人的头部从正中央向左右两边分开成两个。

原来是两个人，怪不得那么胖！现在这两人除了头部以外，其他部分仍然紧贴在一起，就像连体婴似的。

继续仔细观察，其实并无特别之处，只是一对拥抱的男女而已。他们的头部偶尔会重叠在一起，一定是在进行那种自人类诞生以来举行次数最多的嘴对嘴仪式吧。

不过，这两个人到底是谁？片山的好奇心虽没有晴美那么强烈，但也并非完全没有，然而再大的好奇心都不能使他的眼睛在黑暗中辨认出他们的身份。

男人的话，大久保已经不在这里了，那就是古田或丸山？女人呢？植田真知子是练琴狂人，那么是长谷和美或辻纪子吗？——难道是樱井玛莉？

不可能，绝对不可能！虽然片山无意与玛莉交往，但是一想到那女人可能是玛莉，他的心里就不是滋味，这大概就是男人的自私心理吧！

片山虽然心里十分在意，但是如果大摇大摆地走过去看个究竟，好像很不妥。有教养的绅士这时应该断然关上房门，非礼勿视。

"喂，福尔摩斯，"片山关上房门说，"你好歹也是淑女好不好，别总凑热闹！好吧，下次不许因为这种事把我叫醒哦。"

片山说完，又爬上床会周公去了。

福尔摩斯耸耸肩——不，猫当然不会耸肩，但它的表情十分不屑，就像在说："随你便吧，我不管了。"接着，它嗖地跳上床，在片山脚边缩成一团。

"这里还是蛮舒服的，"如果福尔摩斯会讲话，它一定会这样告诉主人，"可惜你的睡相太差，经常把我踢下去。"

不过，这一夜福尔摩斯睡得很安稳。

黑夜中，只能听到风的呼啸，巨大的宅邸在浓重的沉寂中陷入沉睡。

不久，天边泛起鱼肚白。

而后，早上五点半，尸体被发现了。

片山猛然跳下床，因为他听到急促的敲门声和福尔摩斯高分贝的尖利嘶叫。

"刑警先生，不得了啦！刑警先生！"门外传来市村智子的声音。

片山一边穿睡袍一边开门。

"发生什么事了？"

"不得了啦！有一个女人……死……在书房。"

市村智子的话充分概括了事态。

片山立刻冲向走廊，福尔摩斯紧随其后。

他跑下楼梯，看到书房的门半开着。

他一走进书房,顿时皱起眉头,好热,简直热得喘不过气来。

"什么玩意儿?!"

在凶杀案现场,片山说这话的确很不妥,但情有可原。

书房正中,有一个女人倒在那里。

女人穿着大衣,年龄大约五十岁,或者再年轻一些。很明显,她已经死了。她的胸口上——不偏不倚恰在心脏的位置,插着一把刀。应该没人在这种状况下还能存活。

因为市村智子已经事先提醒过片山,所以他看到尸体时并不惊慌。让他大为惊讶的是书房中滚滚热浪的来源,即尸体对面摆放的四个闪着红光的电热炉。

"这是怎么回事?"片山不由自主地一步退出房间。

"该怎么办呢?"市村智子追上来问道。

"不好意思,请你守在这里。"

"好,好的。"

"不能让任何人进来,知道吗?"

"知道了,刑警先生,你……"

"我去联络警局。"

"好,一切拜托你了。"

"福尔摩斯,你也留在这里。"片山一个人三步并作两步跑上楼。

"出了什么事?"同样穿着睡袍站在走廊上的是古田武史,"我听到嘈杂声,不知怎么回事……"

"的确出事了，"片山说，"是凶杀案。"

"凶杀？"古田睁大眼睛，"谁被杀了？"

"一个陌生的女人——你待在房里别出来，等一下再跟你说。"片山回到自己房间拿起电话。

哎呀呀，终于还是闹出人命了，原以为在这里会暂时和凶杀案绝缘呢！片山和警局联络完毕后，急忙换好衣服。当他来到走廊时，发现大伙儿都出来了，八成是古田把大家叫起来的。

"刑警先生，谁被杀了？"

"凶器是手枪还是刀子？"

"死者是男人还是女人？"

"凶手是谁？"

大家七嘴八舌不断抛出问题。

"现在一切都不清楚。你们——请回房间穿好衣服，警察马上就来了。"

片山下楼时，真知子追问道："比赛不会受影响吧？"

这个时候她还能想到比赛，片山真是佩服极了。

"片山先生，"玛莉追上他，"被杀的女人是什么样子？"

"五十岁左右，穿着大衣……"

"让我看一下她的脸，可以吗？"

片山犹豫片刻，说：

"看死人的脸可不是一件愉快的事啊。"

"没关系，我想看看。"

"好，你跟我来吧。"片山走回书房。

"警方会派人来吧？"

"应该马上就到了。"

片山拿出手帕包在门把上打开门，扑面而来的热气再度使他皱紧眉头。他尽可能从远离尸体的地方绕过去，把电热炉关掉。

"啊，好热！"片山摇摇头，"门就开着吧。"

玛莉心惊胆战地向书房里窥看，然后她看到了倒在地上的女人。

"是她！"

"你认识？"

"她就是那个自称是我母亲的人。"

"就是她？"

"是的，肯定没错。"

可是，这个女人怎么会找到这里来呢？为什么会在这里被杀？片山陷入沉思。还有，那些电热炉是怎么回事？

3

"终于……发生了吗……"这是栗原看到现场后说出的第一句话。他虽然想做出遗憾伤感的表情,却终究掩饰不住满脸的兴奋。"那些电热炉是干什么的?要拍卖吗?"

片山说明情况后,栗原点点头说:"显而易见,凶手是想干扰死亡时间推定。"

片山也想到了这一点。

"可是,为什么电热炉一直放在这里?"

"大概是忘记收起来了。"栗原信口说道。这种蹩脚的理由如果被推理小说迷听到,一定会狠狠嘲笑栗原吧。

"屋里还有一些热气……"

"是的,刚才我进来的时候,这里就像盛夏。"

"四台电热炉……全是这里的吗?"

"不太清楚……市村女士!"片山叫来市村智子询问。

"是的,都收在那边的柜子里,"市村智子点点头,"这个季节,晚上有时候会很冷。"

"请你讲讲发现尸体的经过。"栗原说。

"好的。我……今天早晨五点钟起床。"

"你平常也是五点钟起床吗?"

"不,平常是六点。"

"为什么今天起得特别早?"

"因为我今天想做点儿跟平时不一样的早餐,每天早晨都吃一样的东西,很容易吃腻。"

"所以你五点钟起来了。然后呢?"

"我到书房时正好五点半。一开始,我来大厅收拾大家用过的杯子,"市村智子清清喉咙,"可是大厅里没有杯子,所以我空手回去,这时我发现书房里有灯光,以为有人忘了关灯,于是过来想关灯,谁知一打开门就看到……"市村智子没有继续说下去。

"哦,我知道了,"栗原说,"这里的门窗都关紧了吗?"

"睡觉之前我全部检查过,都关着。"

"那时是几点钟?"

"应该是十一点,有时会晚一点儿,但绝不会超过十一点半。"

"明白了。今天早晨你查看过门窗吗?"

"不,早晨是不检查的。"

"也对,这里又不是监狱。"

也许栗原是想开个玩笑活跃气氛,但是在尸体旁边说俏皮话也太不合时宜了。市村智子露出似笑非笑的尴尬表情。

"你见过这个女人吗?"栗原又问。

"不,没有。"

"这样啊——好了,没事了。"

"是,"市村智子准备离开,走出两三步又回头问,"我可以给大家送早餐了吗?"

"当然可以,请便。"

"请问,会不会因为这个事件而取消音乐比赛呢?"

"这个嘛……我们会尽力避免出现这种结果的。"

"拜托您了,大家都那么努力练习,不能让他们的心血付之东流啊……"市村智子走出书房后,栗原手抚下巴盯着尸体。

"课长,你说到底会怎么样啊?"片山问。

"什么怎么样?"

"到底会不会影响音乐比赛啊?"

"这个嘛……"栗原摇摇头,"如果发现参加决赛的选手有嫌疑,那么情况就很微妙了。"

真是那样的话,比赛势必要延期到锁定真凶之后。可是,一旦延期,就不可能再一次安排得如此紧凑且周全了吧。

"喂,南田还没来吗?"

栗原话音未落,南田就出现了。

"谁在叫我?"

"喂,你该不会是玩捉迷藏去了吧!"

"开什么玩笑?一年到头让我四处出苦力,忙得团团转,怎么可能说来就来!"发牢骚和冷嘲热讽是南田的两大爱好。

"好了,你还是快点儿办事吧!"

"知道了,"南田不耐烦地问,"尸体就是那个?只有一具尸体?"

"一具就够了,再多还得了?!"

"这个房间好像很热。"

片山把发现尸体时的现场情形讲了一遍。

"原来如此。但是为什么要一直开着电热炉啊,真让人纳闷。"南田说。

"我想,凶手或许原本打算趁市村女士起床之前把电热炉收好的,但没想到今天她比往常提前一个小时起来了,所以凶手没来得及收拾。"

"哦,你是说,凶手的计划被打乱了?"接着,栗原又担心地问南田,"推算死亡时间困难吗?"

"不会,这点小把戏不会造成太大难度。没问题,现在的检验方法很先进。"

片山和栗原围观南田验尸时,刚才不知跑去哪里的福尔摩斯出现了,它向尸体旁边走去。

"哪里有尸体,哪里就有你。"南田高兴地向福尔摩斯打招呼。福尔摩斯绕着尸体走来走去,东嗅西闻,突然,它停下来短促地叫了一声。

"有什么发现吗?"南田抬起头,向福尔摩斯站的地方走去,"这些粉是什么东西?"

"粉?"

"嗯，是白色的粉，只有一点点。"

"喂，不会是……"栗原走过去。

"你想说海洛因？你呀，什么事都联想到犯罪，什么臭毛病！"

"那你说这是什么？"栗原沉下脸，双手抱胸。

"不知道，也许是香粉、头皮屑、胃药或粉笔灰……"

"你正经点儿，认真回答我的问题！"

"量这么少，不化验怎么知道。"南田把白粉装进一个信封里。

"你能不能判断大致的死亡时间？"

"耐心点儿好吗？我又没有通灵的水晶球！"

"没有吗？"栗原正经八百地问。

"没有！如果有，我早把水晶球砸到你头上了！"南田反唇相讥。

这时，福尔摩斯在移走尸体后的空地上闻着。地毯的毛又长又软，尸体躺过的地方留下一个明显的形状。

片山的眼睛眨了又眨。

"课长！"

"干吗？没事别乱叫。"

"请看这里……死者的伤口大量出血，但是地毯上却一滴血都没有。"

"嗯……照这种情形来看，书房不是第一现场。"

南田看看栗原和片山："怎么，你们连这一点都没发现？我还以为你们早就知道了！"

"如果是我移动了尸体，会有人和我啰唆个没完吧。"栗原说。

"如果把室温升高的因素考虑进来，死亡时间大概是凌晨两点左右。"

"两点？那么凶手有足够的时间在其他地方杀人，再把尸体搬运到这里，"片山问南田，"有没有可能是凶手事后把血迹擦掉了？"

"就算擦过，但是你看看这种地毯的毛！血流到上面，是很难擦干净的。"

"这样啊。"

"这里的地毯比我家的地毯厚好多啊！"南田感慨的点好像不太对。

"那么，你认为是当场死亡？"

"大约是在一分钟内吧，意识逐渐模糊……然后死去。"

"说得好像你死过一样。"

"我和那么多死者打过交道，我们早就成为朋友了，是他们告诉我的——接下来还要进行解剖。"

"辛苦你了。"

"难得听你说出这样的话。"南田咧嘴一笑，走了。

"如果不是在这里杀的…那么为什么要移尸到这里？"片山好奇，"是为了争取时间吗？因为吃完早餐之前没有人会到书房来。"

"也许吧。但是，凶手真的想把尸体藏起来吗……"栗原摇摇头，又说，"首先要查出这个女人的身份。喂，片山，你对那件凶器有印象吗？"

"没有。"

"我记得你说过，有一把刀不见了？"

"那是水果刀，和凶器不一样。"

"哦，这事还真麻烦，"栗原说，"这个女人自称是谁的亲生母亲来着？"

"樱井玛莉。"

"哦，就是那个差点儿遭到袭击的女生啊！这就有趣了。"

"她没有杀人动机。"

"没人说她有嫌疑。但可以确定的是，与樱井玛莉有关的某件事导致了这起凶杀案。"

"是的。"

连片山都不得不承认这一点。这个女人被杀后陈尸于此，绝不仅仅是巧合。

"课长，您要见樱井玛莉吗？"

"暂时不用。"

片山稍微松了口气。栗原意味深长地盯着片山："你好像不希望我见那个女孩儿啊？"

"不，怎么会……只是，对她而言……不，对其他五个人也一样，现在是备战决赛的关键时刻，凶杀案本身已经让他们有所动摇了，如果再被冠上凶手的嫌疑，估计神经衰弱的选手又要增加。"

"听说已经有人支持不住了。"

"是大久保靖人。其他六个人目前还好……但的确都紧张得有点儿神经质了。"

"怎么样，这一次有没有姑娘逼你就范啊？"

"没……没有这种事！"

"别慌！你这样反而更可疑。"

"哦，对了，"片山突然想起来，"昨晚两点钟左右……"

"发生了什么事吗？"

片山把走廊里一对男女拥抱的事说了一遍。栗原听了点点头："朝仓先生曾经提到过可能会发生这种事……对了，必须向朝仓先生报告这起凶杀案。"

"要找大家问话吗？"

"先去见樱井玛莉的母亲，请她指认一下死者，然后再找这里的人仔细问个明白。"

"好。"

这时，福尔摩斯叫了一声。

"怎么了？"

福尔摩斯抬头看着书架，片山也跟着往上看，但并未发现异常之处。

"那里有问题？"

福尔摩斯一边叫，一边焦急地看着片山，最后它看到片山死不开窍,气急败坏地纵身跳到书架中层,继续抬头看着上面喵喵地叫。

"在更上面吗?究竟是哪里啊?"

片山无奈,只好爬上书架查看。在那个曾经摆放录音机的地方,排列着百科全书。

地震之后,他和玛莉把掉落的书随意放回书架,但是又担心如果百科全书没有按字母顺序放好会引起别人怀疑,于是两人重新排列了百科全书。可是现在……

"奇怪呀。"

"怎么了?"

"百科全书的顺序怎么乱七八糟?"片山疑惑不解,"我们明明按顺序排好了呀。"

"是不是有人把书架弄倒了?在这种软乎乎的长毛地毯上,书架是立不稳的。"

"如果书架倒了,那可就麻烦了,"片山从书架上下来,"这书架是固定在墙上的,不可能倒。"

"那么你说是怎么回事?"

"我不知道。"片山坦率地承认。坦率是他最大的优点。

"对,就是这个女人。"樱井充子表示肯定。

栗原从充子手里拿回死者的脸部特写照片,又问:"就是这个人把你推下水池?"

樱井充子局促不安地坐在客厅沙发上,时不时调整一下坐姿。

"我不能肯定。"

"可是……"

"因为当时我没有看到那人的脸!我的确是接到这个女人的电话才出去的,所以我想,大概是她把我推下去,不过我不能肯定。"

"明白了。"

"我那天隐瞒了这个女人的事……十分抱歉。因为我怕这件事一旦披露,万一被玛莉看到就糟了。"

"我理解你的心情。"

"我实在搞不懂,这个女人究竟为什么会被杀?"充子说。

"她是个怎样的人?"

"不知道,"充子耸耸肩,"真的,我不知道她的名字,也不知道她的身份……三个月前她突然接近我和玛莉,一口咬定玛莉是她的女儿。"

"冒昧地问一句……"栗原点到为止,对方自然懂得他话中之意。

"她是胡说的,"充子断然说道,"玛莉是我的亲生女儿,有正规的出生记录,如果你不相信……"充子说着要站起来。

"不,不需要,"栗原急忙阻止,"可是,她为什么要撒谎呢?"

"我也想不通,大概……她死去的孩子像玛莉吧。这个人疯疯癫癫的,我很同情她,但是她确实干扰了我们的生活。"充子似乎仍对此人耿耿于怀。

"玛莉小姐对这件事怎么看?"

"嗯……起初她很害怕,但后来忙着准备音乐比赛,就顾不上这些了。"

"哦。"

充子盯着栗原的表情问:"警方不会认为玛莉有嫌疑吧?"

"没有。那个女人很可能是在外面被杀,再被移尸到那里。"

"那就好,"充子话一出口又觉得不妥,立刻补充说,"不过,死了一个人总是很遗憾啊。"

"现在最重要的是查明她的身份,"栗原说,"在报纸上登出照片,应该会有人提供线索。"

"这件事不会影响到音乐比赛吧?"这才是充子最关心的问题。

"我现在要去见朝仓先生,到目前为止,我认为比赛应该可以如期举行。而且大家的行动范围有限,便于警方保护。"

"那就……太好了,大家的努力也没有浪费。"

显然,充子的脑子里只有比赛。

听了栗原的讲述之后,朝仓反问道:

"那么,那个女人是在集训地之外的地方被杀的啰?"

"虽然还不能确定,但这种可能性很高。"

"那么,应该对音乐比赛没什么影响吧?事到如今,也无法取消比赛。"

"我了解。除非今后再发生严重事件,否则无须取消比赛，"栗原说，"但是参加决赛的人必须接受警方问话。"

"那也是不得已而为之。"

"我们会十分慎重的。"

"还有……须田的案子怎么样了？"

"哦，因为那不是凶杀案，所以我们就……"栗原支吾道。

"没关系，"朝仓说，"可是，须田一死，我就麻烦大了。他虽然连C大调是什么都不知道，但算账是一把好手，我在这方面完全不行。"

"您是艺术家呀！"

朝仓笑道："没钱还能搞什么艺术啊！"

六个人集中在大厅里，个个都是一副无所事事的模样。

"希望他们不要乱翻。"真知子嘟着嘴抱怨。

"他们会小心的。"片山安抚她说。

因为不能完全排除那个女人在这里被杀的可能性，所以警方要检查每一个房间，看是否有血迹反应。

在这期间，当然无法练琴。虽然大家都把小提琴带到大厅里，但大庭广众之下，根本无法练习。

"检查要花多少时间呀？"长谷和美问。

"我想应该不需要很长时间。"

"真讨厌！都不能练琴了！"她显得很急躁。

"我想大家对新曲的诠释都差不多完成了吧？"丸山说，

"不过，我还完全不行呢。"

"我也一样啊！"长谷和美说，"只是能演奏而已，能不能诠释到位就毫无把握了。"

"我也是这样。"辻纪子说。

"各位都很谦虚啊，为何不说实话呢！"真知子愉快地看着大家说，"其实大家都练得差不多了吧，只是对整体的平衡或对细节的把握还不够理想……这才是大实话吧。"

"我是真的不行。"玛莉说。

"玛莉，你又来了，你肯定没问题。"

"不，这一次真的不行，绞尽脑汁也想不出该如何处理各个乐章的关系。我已经绝望了。"

"请大家不要掉以轻心，这位同学最拿手的就是演奏新曲。"

"你给我闭嘴！"玛莉正色斥责真知子，她很少说这种重话——和自己有关的人被杀，不能集中精力练琴不是理所当然的吗？

"对了，"片山突然想起了什么似的，"如果警方问你们有没有看到什么，请各位务必说实话。侦查案件最重要的就是正确的情报。"

"凌晨两点那种时候，大家都在睡觉吧！"古田说。

"那也不尽然。"片山说出半夜走廊上一男一女的事。

"哦，会是谁呢？"真知子的好奇心显然强于常人。

"光线太暗，我看不清楚。"

"这件事真有趣，"长谷和美也笑道，"是谁和谁呢？"

"是古田先生和某人吧？"

"我可没那么受欢迎。"古田笑着回答。

今天是第五天了——片山突然觉得时间过得好慢。

第四乐章

终 曲

1

"问题多得很呐!"

听到晴美这么说,片山无奈地长叹。

"又来了——你适可而止吧,好几次差点儿把小命丢了!"

"有什么关系?我不是还活着吗?"

"只要有我在,就绝对不会让晴美小姐出事。"说这话的当然是石津。

"你根本不可靠!你又不能二十四小时陪着她。"

"只要片山先生同意,我可以一天二十五小时跟在她身边。"

已经进入第六天了。

今天也有搜查一课和地方警局的刑警在集训地进进出出,于是片山利用这个时间回了一趟警视厅。他在警视厅恰好遇见晴美和石津,在石津的提议下,他们决定一起吃午饭。当然,买单还要靠晴美。

难得三人在一起吃饭,如果是在警视厅的餐厅就太没情调了,于是他们来到附近一家比较清静的餐厅。

"我昨天整理了笔记。"晴美说着,从包里拿出笔记本。

"真受不了你!"

"你说什么?!"

"没事,你继续说。"

"先从乍一看和本次事件并无直接关系的方面开始梳理,"晴美说,"新曲的乐谱为什么多出一份?朝仓把这份乐谱藏在哪里了?还有,辻纪子的母亲与朝仓是什么关系?"

"他们的关系不是很清楚吗?"

"可是,他们只是单纯的情人关系吗?还是女方以身体为代价与朝仓进行某种交易?这才是关键点。"

"太对了!"

只要是晴美说的,哪怕是咖喱饭应该怎么做,石津听了都会大加赞赏。

"还有,企图伤害玛莉的人是谁?至今还没有线索吗?"

"还没有。"

"接着是须田之死。果真没有他杀的嫌疑吗?"

"他是死于心脏麻痹呀。"

"可是如果是有人制造极度恐惧的场面导致他心脏麻痹呢?而且,须田为什么会死在朝仓家?"

"他去朝仓家找那个女佣。"

"那个女佣也有可能在说谎。就算是真的,朝仓既然回来了,须田为什么还留在房子里不逃走呢?"

"也许他还没来得及逃走就已经完蛋了。"

"是有这种可能。不过,尸体为什么会突然出现在草坪上?"

"当然是从上面掉下来的,只有这个可能。"

"不会是从地下冒出来的吗?"石津说。

"又不是大头菜!如果是从上面掉下来的,尸体的位置就很奇怪,因为正好在脚手架的下方。如果从上方掉落,应该会更靠外面一点儿才对。"

"须田是在半夜里死的,掉下来以后也不可能移动过……"

"在发现尸体之前,我在二楼看见过那个脚手架,上面没有尸体。"

"也许在你看脚手架之前,他已经掉到草坪上了。"

"不可能。我们后来回到客厅时可以看到草坪,如果有尸体,那时就被发现了。"

"唉,真是一头雾水!"

"唉!"石津也跟着唉声叹气。

"不要学我——然后就是那场火灾?"

"对,是谁纵火呢?黏合剂虽然易燃,但是也不会自燃。"

"如果能自燃,那就到处都是火灾了。"

"反正不是纵火……就是失火。纵火的话,不是女佣干的就是朝仓先生干的。"

"可是,为什么要纵火呢?"

"也许是想烧毁什么东西吧,比如乐谱……"

"对,比如一些不愿被警察看到的东西。但是,藏好不就行了吗?房子那么大,找个藏东西的地方还不容易?"

"也对。是不是想烧外套啊？"

"把外套藏起来也不难呀。"

"是啊，跟自己的衣服混在一起就行了。不过，外套和脚手架的确都被烧掉了。"

"有关起火的原因也在调查中，但是没有找到纵火的证据。而且，火灾是发生在朝仓家里的，如果朝仓先生不追究，恐怕就会不了了之了。"

"须田的死估计也会不了了之了。"

"没有他杀的迹象，只是情况有些怪异，但这样就无法成立专案小组。对须田的背景也都调查过了，找不到疑点。"

"朝仓先生很倚重须田。还有一件事让我很纠结，就是那个窃听器，我怀疑可能是须田装的。"

"有这种可能。"

"找到窃听器了吗？"

"昨天为了调查杀人现场到底是不是在那栋房子里，搜查过每一个房间，我请刑警顺便找一找窃听器。"

"找到了吗？"

"没有，也就是说已经被拆除了？"

"动作还真快。"

"那个录音机也仔细检查过，但是没有发现指纹。装窃听器的人十分谨慎。"

"是其中一名选手吗？"

"他们不可能自己动手装窃听器,我想应该也和须田有关。"

"你是说有人收买须田安装那个东西偷听别人的练习吗?——太不公平了!"

"可是,根据朝仓先生的说法,合宿到第三天时,还不可能有人能完整演奏那首曲子,而且七个人的实力在伯仲之间。但那时录音机就已经被发现了,所以应该影响不大。"

"嗯,但是如果知道是谁干的,肯定会被取消参赛资格吧?"

"那当然——你想说的都说完了吧?"

"还早呢!接下来才进入正题,"晴美坐直身体,"现在开始讨论杀人!"

"不要那么兴奋!"

"要你管!——首先,死者的身份查到了吗?"

"还在调查她的衣服及随身物品……死者照片已经公布,相信不久就会知道她的身份。"

"她真是樱井玛莉的亲生母亲吗?"

"不是,根据调查,玛莉的确是樱井夫妇的女儿。"

"除非另有复杂的内情,否则不会弄错。那么,那个女人为什么要说谎?或者,她自己对这件事深信不疑?"

"应该是她自己深信不疑。"

"那么,她为什么会深信不疑?又正好出现在玛莉决定参赛的时候。"

"大概是有人指使。"

"利用这个女人扰乱玛莉的情绪真是再适合不过了。还有，把樱井充子推进水池里的是不是同一个女人呢？充子女士没有看清对方的面孔，但是我在餐厅门口看到那个女人时，觉得她不像是会使用暴力的人……"

"这么说，罪犯另有其人？——喂，你不要把事情搞得越来越复杂好不好！"

"那个女人为什么被害？"

"还有，凶手是谁？"

"杀人现场又在哪里？整栋建筑物都已经彻底检查了吗？"

"嗯，现在可以确定，第一现场不在那栋房子里。"

"可是，片山先生，"石津插嘴，"那个神经衰弱的选手叫什么来着？"

"大久保。"

"对，他是割腕自杀吧？"

"是呀，他是在浴室里割腕的。虽然他的浴室里有血迹反应，可是与死者血型不同。"

"原来如此。"

"但是，石津先生的想法很好。如果是在同一间浴室杀人，即使留下血迹，也有可能蒙混过去。"

"我就是这样想的，"石津遗憾地说，"真是的，都怪现在警方的手段太先进了！"

"身为刑警怎么可以说这种话？"片山笑道。

"好吧，现在的问题归纳起来就是：那个女人是在哪里被杀的？为什么被杀？为什么要把尸体运到那栋房子里去？"

"是为了嫁祸给樱井玛莉吗？"

"有可能。玛莉小姐即使没有被逮捕，光是作为警方认定的嫌疑人，就足以摧毁她的精神了。"

"为了嫁祸她而杀人吗？"

"没什么好奇怪的，有人会为了更微不足道的原因杀人呢。"

"真可怕，"石津说，"看来有必要呼吁大家尊重生命啊！"

"把尸体运进室内一定需要入口，警方找到这个入口了吗？"

"嗯，大厅的一扇窗户被切割下来，手法非常巧妙，不仔细看根本看不出来。"

"从窗户搬运尸体一定很困难吧。"石津说。

"那倒不一定，凶手可以自己先钻进去，再打开大门将尸体搬进去。"

"哦，原来如此。"

"还有电热炉……"晴美说。

"是四个电热炉！——那种热度真让人受不了。"

"先不说这个。关键是，凶手怎么会知道哪里放着电热炉？"

"对呀！这么说，果然有内鬼。"

"知道房里有电热炉的还有一个人。"

"谁？"

"须田。"

"原来如此！也许这也是须田安排好的。"

"可是，为什么要用四个电热炉给尸体加温呢？"

"是为了干扰死亡时间推定……"

"我知道。但是如果只是因为这样不就太没劲了吗？难道没有其他原因？"

"喂，这又不是写小说或拍电影。"

"好吧，先不管这个。那个女厨师叫什么来着？"

"市村智子。"

"对，因为她比平时起得早，所以凶手来不及把电热炉收起来。可是，凶手如果要干扰死亡时间的推定，总得有理由吧。"

"一般是为了制造不在场证明。"

"没错，那么如果有人在那一段时间中有明确的不在场证明……"

"对呀，实际死亡时间是两点，而凶手希望警方误认为是十二点或一点左右，也就是说，那段时间里，凶手有不在场证明。"

"凶手预测到一旦查明死者身份，自己可能会有嫌疑，所以要提前准备好。"

"凶手的确心机很深。不过，他机关算尽，反而露出了狐狸尾巴。只要能查出死者的身份，凶手的名字就呼之欲出了。我们就告诉大家死者死于十二点或一点，这时凶手必然会得意扬扬地提出不在场证明。"

"那倒不见得，电热炉已经被发现，凶手也会想到这一点。"

"是啊，真可恶！"

"另外……对了，就是那些百科全书的问题。"

"顺序被弄得乱七八糟，目前还不清楚原因。"

"也许与案子关系不大，但也不能忽略。"

"他们好像不用百科全书。"

"使用百科全书的话，通常都是先拿下一本，看完之后放回原位，然后再拿另一本，一般不会弄乱顺序。"

"那么，一次性把百科全书都拿下来，到底是为了什么呢？"

"其他的书有没有被动过？"

"不知道，在地震时全掉下来了，后来我们是随意放回书架的，所以不知道这些书有没有被动过。"

"这样啊。不过，书能用来干什么呢？"

"可以当枕头！"石津当即抢答。

"用百科全书当枕头？会硌得睡不着吧？我看那些书能利用的地方只有重量了。"

"重量啊……"晴美点点头说，"好像有道理。"

三个人沉默了一会儿，片山长叹一声："我要回去了——明天就结束了，希望能够平安无事。"

"没有其他问题了吗？"晴美翻看着自己的笔记本。

"光这些问题已经够多了。"片山苦笑连连，然后他突然想起什么似的，问晴美："你来搜查一课到底有什么事？"

"这还用问，当然是为了须田的案子。"

"石津，那你来又是干什么的？"

"这还用问，当然是为了须田的案子。"

"你小子！"片山忍不住笑了，"——我再去一趟搜查一课，也许尸检报告已经出来了。"

"我也去！"晴美说。

妹妹的反应，片山早有预料。

"我也去！"石津说。

"随便你们吧。"片山说。

"没有什么特别之处啊。"栗原说。

"你朝尸体开一枪就有特别之处了。"南田耸耸肩。

"别废话——刀上有没有指纹？尸体有没有不寻常之处？看仔细了？"

"真的，没有不明刺青，后脑勺也没有眼睛。"

吊儿郎当的南田说出的话也让人摸不着头脑。

"对了，掉在尸体旁的白粉是什么东西，化验出来了吗？"片山问。

"还不知道，"南田摇摇头，"量太少了，不容易化验。但是可以确定不是海洛因或大麻，反正肯定不是药物。"

"那会是什么呢？"

"化验结果出来会立刻通知你。"南田打着哈欠走了出去。

"哦，对了，"栗原说，"刚才你妹妹来过。"

"我知道，她在走廊上。"

"太好了，刚才接到朝仓先生打来的电话。"

"怎么了？"片山听到这个名字显得不太高兴，他对于风流成性的男人没好感。

"他好像有事找你妹妹，希望她过去一趟。"

"要晴美去他家？"

"嗯，不是去他家，朝仓先生现在在新东京爱乐乐团事务局。"

"知道了，我会告诉她。"

"你要回到那边去了？"

"正准备回去。"

"只剩下一天了，希望不要再有意外发生。"这显然不是栗原的真心话。

"我会格外小心的。"

"拜托你了。对了，你和你妹妹一起去朝仓先生那里一趟吧，把调查情况向他汇报一下。"

"好的。"

"只要跟他说个大概就行，拜托你了！"

片山来到走廊上，把这件事转告晴美。

"那我们快走吧。"

"那个朝仓是花花公子哦。"石津闷闷不乐地说。

"不用担心，我知道如何应付。石津先生，你也该回警局去了吧？"

"嗯……"石津不情愿地点点头，"你要多加小心啊。"

"我知道。"

"跟那个男人至少要保持一百米的距离。"

"那还怎么说话！"晴美笑道。

推开写有"新东京爱乐乐团"的大门，片山和晴美走进屋，看到办事员道原和代正在打哈欠，正赶上她嘴张得最大的那一刻。

"啊，对不起，"她并没有因此而脸红，而是若无其事地看着两人说，"请问，两位有何贵干？"

"我们找朝仓先生……"

片山报出自己的姓名，里面的门立刻打开，朝仓走出来。

"二位一起来了，请进请进！"朝仓满脸笑容。

办公桌上堆满了各种资料。

"这些东西太麻烦了，"朝仓无奈地举起双手，做投降状，"再难的乐谱都不如这个复杂。"

片山开始说明调查近况，但实际上并没有什么可说的，就像晴美列举的那样，谜题虽多，但几乎都解答不了。

"目前就是这样，估计今天还能发现一些新线索。"

"辛苦了，还剩下一天，就拜托你了。"

"明白。"

"还有……"这时，道原和代送茶进来，朝仓停下话，等她放下杯子走出去，又继续说，"有件事想请令妹帮忙。"

"有我能帮上忙的地方,请您尽管开口。"

朝仓从办公桌的大抽屉里拿出手提包,又从手提包里拿出一本很厚的书。

"希望你能替我保管这个东西。"

"这是……"晴美翻开书才发现是乐谱,她兴奋得满脸通红。

"这是为本次比赛而作的新曲。"朝仓说。

"可是,不是只有七份吗?"

"是大久保先生的那份乐谱吗?"晴美问。

"不,他的那份已经销毁了,这是另外一份。"

"也就是说,原本有八份乐谱吗?"

"这件事很奇怪。我让印刷厂印制七份乐谱,当然,在哪家印刷厂印是绝对保密的。可是后来厂方说,他们接到一个电话,要他们印制八份。"

"是谁打的电话?"

"不知道,是个男人假借我的名字……"

"难道是……"

"有可能是须田,因为他知道是哪家印刷厂。不过,当务之急是保证这一份不能失窃。"

"干脆把它处理掉。"

"我也这样想过。当初决定印制七份时,我没想到后来会发生这么多事情,居然还发生了凶杀案。虽然只剩下一天,但谁也不知道还会出什么事,选手们的乐谱万一遗失或损坏怎么办?所以,我觉得有必要留下一份。"

"作为备用,对吧?"

"不错。乐谱如果放在我家,目标太明显,容易被人盯上。而且我很少在家,这里晚上没人留守,也不安全。所以,只能请你帮忙了。"

"好,我一定会妥善保管。"晴美答应。

"那就拜托了。我现在要去成田机场接斯塔维茨先生了。"

"他今天到达吗?好期待能见到他呀。"

"决赛那天我会邀请你来观战,请务必赏光。"

"非常感谢。"

两个人和朝仓一起离开局长室。

外面有一个女孩儿正与道原和代争执不休。

"你这样说我也没办法啊……"道原和代不耐烦地说。

"道原小姐,发生了什么事?"朝仓问。

"朝仓先生,这个人……"

"我叫浜尾由利子。"

那个女孩儿对朝仓说。她大约十八九岁,看打扮像个大学生。

"你有什么事吗?"

"我在找我妈妈。"

"这里不是警察局啊,不过,正巧有位刑警先生在场。"朝仓略显困惑。

"是这样的，"女孩儿好像已经走投无路了，"我妈妈应该来这里应聘过厨师的工作。"

"哦，可实际上录用的那位厨师是市村女士啊。"

"但我妈妈说她要到这里来。"

"啊！"道原和代突然插嘴道，"那个人的确来过这里。"

"后来呢？"

"须田先生决定录用她，但是第二天她又打电话来说不做了。"

"真的吗？"浜尾由利子问。

"是的，所以须田先生决定录用市村女士。"

"好奇怪啊！我妈妈一心希望做这份工作。"

"对不起，我是警察。请问，你母亲失踪了吗？"片山上前一步问道。

"是的，"女孩点点头，"我就读的大学离家很远，所以住在宿舍里。因为父亲很早就过世了……只剩妈妈一个人在家。她说自己正好闲着，而且又喜欢音乐，所以非常期望能去那里当厨师。"

"原来如此。"

"我昨天回家，发现妈妈不在，心想她也许到音乐比赛的集训地工作去了。但她没有和我打招呼就走，实在很奇怪。因为她过着独居生活，如果要出远门，一般都会事先和我联系。"

"会不会是去旅行了？"

"看房间的样子就知道她不是去旅行，一定是准备当天回来的，用过的碗还泡在水池里，旅行包也在房间里。我问过邻居，他们都说一个多星期没看到她了，所以我很担心……"

"然后你就来这里了？"

"是的。"

"可是，她已经推掉了这里的工作……所以，你母亲有可能是在别的地方发生意外了。"

"哥哥，你帮她打听一下吧。"晴美说。

"好吧，你等一下。"

"谢谢。"浜尾由利子鞠躬致谢。

朝仓走后，片山决定用事务局的电话联系警局。

"你母亲叫什么名字？"

"浜尾恭子。"

"你知道她失踪时的衣着打扮吗？"

"她穿的可能是……灰色套装，因为她出门办事时通常都穿这套，而且我在衣柜里也没有看到这套衣服。"

"体貌特征呢？比如，手术伤疤或烫伤之类的。"

"没有。"浜尾由利子说着哭了起来。

晴美急忙过去搂住她的肩膀，安慰道："别着急，你母亲一定是受伤住院了，也许是没有办法写信，不要担心。"

"谢谢你。"女孩儿抽泣着说。

晴美瞪了片山一眼，警告他注意问话方式。

片山干咳一声，继续问："你母亲平时都做些什么？有工作吗？"

"不久前她在一位政治家的家里当厨师。她擅长烹饪，所以才想来应征这份工作。"

"原来如此。"

片山突然想起以前好像曾经听谁谈起过"厨师"这个职业，是在哪里听过来着？好像是在一个不适合谈那种事的地方，是谁说的来着？

"哥哥，你发什么呆呀？"晴美急躁地催促，"快打电话呀！"

"哦哦，知道了。"

片山急忙拿起话筒，却因为一时心急没拿稳，话筒摔到桌上，发出咣啷一声巨响，幸好没有摔坏。

"坏了要赔哦。"道原和代瞪了片山一眼。

"对不起，是我手滑了……"说到一半，片山倒吸一口凉气，"对啊，是手……"是南田说的，那是厨师的手……

"哥哥，你怎么了？"晴美担心地问，"你发什么神经呀？"

片山转头看向浜尾由利子，说："你跟我来。"

片山想到即将发生的情景，脆弱的心脏阵阵抽痛……

2

"确认过了?"根本刑警问。

"浜尾小姐脸色惨白,差点儿昏倒。"片山说。

"这也难怪,那张脸毁得那么厉害。"

"她说身体和手的感觉很像,可是因为尸体已经变色,所以不能确定。不过,她说她母亲看过牙医,正在让牙医鉴别。"

浜尾由利子被晴美搀扶着走进来,接着进来的是牙医,他也脸色苍白。

"医生,怎么样?"片山问。

"那个人的确是浜尾恭子女士。"

"不会错吗?"

牙医苍白的脸上挤出一丝微弱的笑意:"牙医也许会忘记病人的面孔,但绝不会忘记病人的牙齿。而且她最近常来诊所,我可以确定那就是浜尾女士本人。"

浜尾由利子瘫坐在椅子上放声痛哭——难以言喻的悲伤气氛充满整个房间,一时间没人开口说话。

满面愁容的根本刑警向哭泣的浜尾由利子走去,对她说:

"浜尾小姐,请节哀。我知道这很残酷,但还是请你回答几个问题。你母亲的名字是叫浜尾恭子吧?"

"是的……我妈妈她死得太惨了……"

"她的年龄呢?……住址、籍贯呢?"

根本故意问这些例行公事的问题,想使对方尽快从激动的情绪中恢复。

"我不要紧了,对不起。"浜尾由利子表现出坚强的一面。

"请问你母亲有没有和什么人结怨?"

"我想应该没有。她心胸宽广,平常喜欢帮助别人,大家都很喜欢她。"停顿片刻,浜尾由利子补充说,"当然,我并非百分之百了解母亲的生活。她也跟别人吵过架之类,但是应该不至于有人恨她恨到这样……残忍杀害她的程度。"

"我明白了——你有没有需要联络的人?"

"我有个叔叔在名古屋……"

"好,请到这边打电话吧。"

根本扶着浜尾由利子离开之后,片山和晴美互望一眼。

"死者手上印的字原来是'斯塔维茨(スタンウイッツ)'。"

"你有什么想法?"

"想法?关于这起凶杀案吗?"

"如果是抢劫杀人,没有必要破坏她的面孔啊。"

"凶手一定是不希望她的身份暴露。"

"为什么呢?"

片山开始思考——这也和音乐比赛有关吗？如果是的话……

"我们好像在想同一件事，"晴美说，"如果她是因为应聘音乐比赛的厨师而被杀……"

"那只是推测而已。"

"是推理好不好？如果真是这样，那么最可疑的人是……"

"实际成为厨师的人——市村智子，"片山说完又摇摇头，"不可能吧！"

"那可不一定，会不会是她在别人指使下安装了窃听器？"

"可以调查一下，而且还要详细调查她的来历，"片山疲倦地说，"唉，事情好像越闹越大了。"

"这说明事件快要解决了。"

"如果是就好了，"片山似乎不太乐观，"如果是市村，那么须田就和窃听器事件无关。"

"为什么？"

"如果须田是被市村智子收买，那他并不需要杀死浜尾恭子，只要找个理由不录用她就行了。"

"对，也有道理。真是越来越搞不懂。"

"你抢了我的台词。"片山说。

片山一走进玄关，就听到大厅里传来弦乐声。他正往大厅走的时候，一个当地警局的刑警从书房走出来，把他叫住："你是片山先生吧？我在等你。请问我可以交班回去了吧？"

"辛苦你了。有没有什么可疑状况？"

"没有。"

"好，以后的事交给我吧。"

"拜托了。"看来这是一位注重礼仪的刑警。

片山把他送到门口，将大门锁上，来到回荡着美妙旋律的大厅。

弦乐二重奏正在漂亮的合音中临近尾声，演奏者是两位男士——古田和丸山。听众则是四名女士。一曲结束，掌声响起。片山想，这演的是哪出戏啊，他们几个居然没打起来？

"啊，片山先生来了。"樱井玛莉看到他立刻站起来。

"你们心情不错啊。"

"只有男人是被使唤的。"结束演奏的古田说。

"在四位美女面前演奏，紧张得手都僵了。"丸山平日难得开玩笑，惹得女生们都笑弯了腰。随着阵阵笑声，旁边还传来喵的一声。

"原来福尔摩斯也在这里听啊。"

"它一定是在抗议不是四个美女，应该是五个！"辻纪子说。

"啊，紧张过后就感觉肚子饿了，"丸山说，"还有三十分钟才能吃晚餐呢。"

"真羡慕你，"长谷和美说，"我都没有胃口……"

"你还好意思说，"辻纪子取笑道，"刚才的饼干被你一个人吃掉一大半。"

气氛轻松欢乐，辻纪子的话也没有夹枪带棒，所以长谷和美并没有反唇相讥，只是娇嗔地哼了一声。虽然距决赛只剩下一天，但是气氛却显得前所未有的放松，或许是因为大家经过充分练习而胸有成竹，又或许是暴风雨前的平静？

　　"你回来我就放心了，"樱井玛莉坐在片山旁边，"我妈妈没事了吧？"

　　"放心，栗原课长说你母亲的心里只有比赛，其他什么都顾不上。"

　　"妈妈就是那样的人，"玛莉的微笑中隐约有一抹落寞，"我有时会想，万一我出车祸受伤，再也不能拉小提琴的话，妈妈也许就不会全心全意地爱我了。"

　　"不可能！"

　　"我也知道不会。但是，妈妈是个很执着的人，我拉琴的时候，有时会感觉好像被妈妈附体了一样。"

　　"哪有这种事！你自己也很喜欢小提琴吧！"

　　"是的。但是，这次音乐大赛结束之后，我将何去何从呢？是孤独终生，还是和恋人在一起……"玛莉湿润的双眼注视着片山。他慌忙逃避似的站起来。"我得去打个电话。"说着，他走出了大厅。上楼梯时，正好看到市村智子从餐厅走出来。

　　"刑警先生，要开饭了。"

　　"知道了，我先去打个电话，你们先吃吧。"

　　"好的。"

片山想，说不定这个女人就是凶手。

市村智子向大厅走去，中途又停下脚步："刑警先生……"

"有事吗？"

"警方是不是快抓到凶手了？"

"这个……也许不能马上，但一定会把凶手逮捕归案的。"

"那就拜托了。虽然大家看起来好像很轻松，但其实他们都很紧张，希望能够让他们心无芥蒂地参加比赛。"

"我们会全力以赴的。"

"对不起，好像说了不该说的。不过，还有一件事……"

"还有什么？"

"水果刀找到了吗？"

"好像还没有找到，这栋房子太大了……"

"这样啊。我一直有点儿担心——因为大久保先生之前不是用刀片割腕了吗？"

"你是怕有人偷水果刀作为自杀的工具吗？"

"不，我只是有些不安。"

"遗失水果刀并不是你的责任，不必苛责自己。"

"听你这么说我就安心了……对不起，耽误了你的时间。"

市村智子走进大厅后，片山也上了二楼——市村智子说这些话究竟有什么用意？

一旦有所怀疑，任何事看起来都很怪异。片山警告自己，先入为主的偏见要不得！

打电话只是片山为了避开玛莉而找的借口。不过,片山有种预感,觉得今天可能会找到新线索。于是,他给栗原打了电话。

"是片山啊,"一听声音就知道栗原心情很好,"我正要打电话找你呢。"

"事情有什么眉目了吗?"

"已经查出书房死者的身份了。"电话里传来翻找文件的声音。"死者叫小畑妙子,她的独生女四年前死了,之后她就得了神经衰弱症,经常出入医院。她的丈夫很早就去世了,所以几乎没有什么亲人。"

"是谁来认尸的?"

"一个女人,是死者的远亲,她看到报上刊登的照片而来警局指认。她说小畑妙子只要看到和女儿年龄相仿的女孩儿,就会认为是自己的女儿。"

"换句话说,她很容易被暗示,对吧?"

"没错。"

"能查到暗示她的人是谁吗?"

"很难啊。小畑妙子是独居,日常生活都是自理。那个来指认的女人说有一年多没见过她,她几乎不与邻居来往。不过,据说最近这三个月来,小畑妙子开朗多了,见到邻居也会打个招呼。"

"最近三个月……就是樱井玛莉决定参加决赛的时候。"

"很可能有人告诉她樱井玛莉就是她的女儿,所以她感到人生再次有了意义,精神就好了起来。"

"到底是谁告诉她的?"

"正在调查,但是很难。那个人非常机灵,不会出现在邻居看得见的地方。"

"这样啊。"

原以为查明死者身份就能找到嫌疑人,结果期望落空了——不过,凶手用电热炉"烤"尸体,目的何在?

目前看来,似乎不存在担心不在场证明的嫌疑人。那么,电热炉如果不是用来干扰死亡时间推定,又是干什么用的呢?

"对了,关于那个市村智子,还没有调查出什么来,明天可能会有点儿收获吧,到时候再和你联络。"栗原说。

"好的。"

"你那边情形如何?"

"目前没有异状。"片山说。

晚餐的气氛和乐融融。

尤其是丸山,表现得很活跃。他居然有一副好口才,在餐桌上讲起乡下的种种趣事,女生们听得津津有味。

饭后在大厅休息时——其实只有玛莉和片山两个人在这里休息,其他人都回房练习去了——玛莉把福尔摩斯放在腿上,抚摸着它两眼之间的部分。"关于那个女人,查到什么了吗?"

"嗯,晚餐时我不便说。"

于是，片山大致讲了一下小畑妙子的事，玛莉点点头，露出哀伤的神情。

"所以，她跟你毫无关系。有人骗她说你是她女儿，她就信了。"

"是啊，她是真的信了……好可怜！"玛莉叹息道，"到底是谁做出这么残忍的事？"

"我一定会抓到他的。"

片山极少做这样的保证，福尔摩斯不以为然地瞥了他一眼。

"凶手的目的到底是什么？"

"这个嘛……"

"和那个企图划伤我手臂的是不是同一个人？如果是的话，杀人的目的难道只是为了不让我参加比赛吗？"

"那倒不一定。"

"那他来杀我不就行了吗，为什么要杀害不相干的人？……太卑鄙了！"

"不要钻牛角尖。"片山安慰道。

福尔摩斯轻舔玛莉的手。

"啊，你真温柔——我都不知道猫的舌头这么粗糙，好痒啊。"玛莉微微一笑。

"它呀，和人一样感性。"

福尔摩斯好像生气了，喵地叫了一声，瞪着片山。

"对不起，我更正还不行吗，你比人更感性。"片山忙不迭

231

地道歉。玛莉大笑。

"你们两个真是一对活宝——幸好有你们在,要不然我一定会做出像大久保先生做的那种事来。"玛莉接着又说:"对了,大久保先生怎么样了?"

"已经脱离危险了。我在电话里听说,他退出比赛之后整个人都开朗起来。"

"那就好。抚慰心灵的音乐反而使人精神崩溃,真够讽刺的。其实,也许我们之中只有大久保先生最正常。"

"那你呢?"

"多少有点儿怪异吧,因为我居然能整天盯着乐谱而不厌烦。"

"照你这么说,刑警每天面对尸体或歹徒,也是不正常的喽?"

"可不是嘛!……这两天来,我简直要神经错乱了。新曲的诠释毫无进展,根本不知道如何去表现,有时真想把乐谱撕了。"

"哦。"

片山心想,照着乐谱演奏不就好了,何必还要"诠释"呢?他全然无法理解。

"可是,到了今天早晨,那些困扰我的迷雾一下子全消失了,乐曲的内部结构清晰地浮现在脑海里……那种茅塞顿开的喜悦实在无法用语言形容。我想,心中洋溢着幸福指的就是这种感觉吧！"

反正我等俗人是与这种感觉无缘的，片山寻思。

"我没事了。虽然不知能否夺冠，但我一定会全力以赴，献上精彩的表演，绝不让自己后悔。"

"决赛时我会去观看的。"

"嗯，你一定要来。"

"我会设法在你演出时保持清醒。"

"好过分……"

看到玛莉明媚的笑容，片山松了口气。

片山鼾声大作，睡得很香。

晴美经常抱怨片山打呼噜吵得她睡不着，但片山却一口咬定："我从不打呼噜！"

蜷在片山脚边的福尔摩斯好像也被他吵醒了，它不胜其烦地看看片山，但很快又闭上眼睛再度蜷成一团。突然，它听到某种轻微的响动，立刻竖起耳朵，迅速抬起头。

福尔摩斯爬到片山的头旁，用收起爪子的前脚碰碰他的脸。

"嗯——"片山发出呻吟，但依然没有清醒。福尔摩斯在片山耳边大吼一声。

"哇！什么东西！"片山蹦起来，"原来是福尔摩斯，吓我一跳！"

福尔摩斯一边叫一边走向房门。

"有什么事吗？——等等我啊。"

片山穿上睡袍，打了一个大哈欠，然后打开房门向外窥看。今天没有看到搂搂抱抱的男女。

福尔摩斯敏捷地跑向楼下，片山急忙上前追赶。

"下面有动静吗？"

福尔摩斯停下来，站在餐厅门前。

"在餐厅里吗？"

餐厅开着灯，但是空无一人。福尔摩斯疾步向里侧的厨房门走去，厨房门半开着。

大概是有人来找夜宵吃吧。片山轻轻推开门。

"嗨，刑警先生，"坐在厨房桌边喝牛奶的古田看到片山，微笑着打招呼，"半夜练琴，肚子饿了。刑警先生，你也饿了吗？"

"不，我听到有声音才下来查看。"

"对不起，我进来的时候里面很暗，找电灯开关时，不小心把锅碰翻了，你听到的大概是那个声音吧。"

"哦，是这样就好，"片山松了口气，"只剩下一天，希望能平安无事。"

"是啊。对了，你要喝点儿东西吗？"

"不，不用了，我回去睡觉了。"

就在这时，里面的房门突然打开——那是市村智子的房间。

让纪子穿着睡衣，跌跌撞撞地从里面走出来。

"你……怎么了？"

古田惊异万分——而福尔摩斯飞速奔进市村智子的房里。

"市村女士……她……她……"辻纪子喘息着说不出话来，她脸色惨白，全身颤抖。

片山立刻冲进市村智子的房里，只见床铺零乱，没有人躺在上面。他听到福尔摩斯的声音。

浴室的门开了一条缝。

"是这里吗？"

片山推开浴室门——市村智子就像被人塞进浴缸里一样，半裸的身体裹着浴巾，胸口渗出鲜血，流进浴缸里。一把刀落在浴缸外侧，是水果刀。

片山脸色苍白，不住后退。

"喂——福尔摩斯，快去打电话！"

片山素来有晕血的毛病，福尔摩斯大声吼叫，好像在鼓励片山，让他坚强。

"知……知道了。那么，你在这里守着，不许让别人进来。"

片山走出市村智子的房间，然后看到了意外的一幕——失魂落魄的辻纪子紧紧抱着古田。果然到了生死关头，往日的爱憎就变得不再重要了。

"刑警先生……"

"我知道，市村女士被杀了。你们回房间去，要不然就到大厅去。"

"好。"

古田点点头，搂着辻纪子走出去。片山先接了杯水一饮而尽，接着匆匆跑上二楼打电话。

怎么会这样？好不容易快熬出头了！片山走进自己的房间，又被眼前的景象吓得傻掉了——身穿睡衣的长谷和美正坐在他床上打电话。

"嗯，我没事，听到妈妈的声音就安心了……嗯……我会加油的。这个房间的恐怖刑警回来了，那我先挂了……晚安。"

"你是怎么进来的？"片山气急败坏地质问。

"你没有锁门呀！"

是啊，刚才和福尔摩斯冲出去时的确忘了锁门。

"我来这里是为了求你让我打个电话，可是门没锁，里面又没人，正是求之不得的好机会——你到哪里去了？玛莉的房间？"

"开什么玩笑！"

"打扰了，谢谢。"

"这里是禁止打电话的。"

"你要告发我吗？好啊，那我就撕破睡衣，说你强暴我——"

"好了好了，快回房间去吧！"片山怒吼。

"是，是，晚安。"

今夜注定不能"晚安"了！片山胡思乱想着拿起话筒。

3

天色渐明。

阴雨绵绵，看来又是寒冷彻骨的一天。

市村智子惨死，早餐没有着落。虽然大家不见得有胃口，但也不能不吃。片山得到栗原的许可之后，打电话叫晴美来帮忙。因为一大早被吵醒而抱怨不已的晴美，一听说又发生凶杀案，立刻精神百倍，不到一个小时，人就赶到了。

"啊，好冷呀！哥哥，你没事吧？没有昏倒吧？"

"其他人没有能帮上忙的，我怎么能昏倒呢？你快去给他们做早餐。餐厅里乱七八糟的，改在大厅里吃吧。"

"好，包在我身上。"

晴美正在脱大衣，玛莉从楼上走下来，一脸疲惫。

"晴美小姐，看到你来真高兴，我快受不了了！"

"打起精神来！明天就要决赛了！"

"我实在……心有余而力不足……"

"坚强点儿，我相信你！对了，我可以使用厨房吗？"

"嗯，课长同意了。"片山说。

"好。玛莉小姐你也来帮忙做早餐吧。"

"可是……"玛莉迟疑地说,"我什么都不会做,妈妈怕我伤到手,不让我做饭。"

"真的什么都不会?"

"勉强可以煮蛋和煎蛋。"

"会烤面包吧?也会涂奶油吧?这样就够了!"

"这样啊。"玛莉笑了。

"其实晴美也只会这些。"片山说。

晴美在他脚上用力一踩。

"好疼!"片山抱着脚大喊。

"玛莉小姐,我们走。"

晴美和玛莉离开了。这时根本刑警走进来。

"喂,片山,你怎么像火烈鸟似的单腿站着?"

"没……没什么……现场那边怎么样?"

"南田大爷正在检视尸体,一大早出勤,所以又在发牢骚呢!——对了,这样还能比赛吗?"

"是啊,我也在担心……和朝仓先生联系了吗?"

"课长刚才好像打过电话了。"

"哦。"

"如果凶手是选手之一,就麻烦了,大众舆论惹不起啊!"

"更重要的是,大家精神上受不了,"片山说,"本来明天就可以结束了。"

两个人走进餐厅时,南田和栗原正好从厨房出来,南田边走边狼吞虎咽地吃着一块三明治。

"你还自带早餐?"根本问。

"厨房里刚做好的,我先要了一份。"南田说。

"你真行!刚看过尸体,居然还吃得下东西?!"栗原一脸难以置信的表情。

"如果这样就吃不下饭,那干我们这行的人不都要饿死了?"

"有什么发现吗?"

"表面看起来是用刀刺死的……"

"其实不是?"

"其实就是用刀刺死的。"南田说。

栗原恨不得一口咬死南田,南田却满不在乎地说:"没什么特别可疑的地方。你发现尸体时是几点钟?"

"一点钟左右。"片山回答。

"大概是在你发现之前三十分钟被杀的,一刀毙命。"

"那样血会溅得很厉害吧?"

"没那么厉害,顶多手上沾点儿血。"

"有指纹吗?"根本问。

"刀上没有指纹。是那把失踪的水果刀吗?"

"我想是吧……我没见过原来那把水果刀。"

"看来有人故意把水果刀藏了起来。这次一定是内部人员干的，大门也锁得好好的。"

"那么，要取消比赛吗？"

"待会儿朝仓先生会来这里，我再跟他详谈。"

"真是一波三折。"

"是啊，"根本说，"如果你是凶手就好了，那样比赛就能照常举行了。"

"你……"片山怒目而视。

这时，晴美从厨房走出来。

"哥哥。"

"什么事？"

"你看这个……"晴美手里拿着一把水果刀。

"这把刀和凶器很像，你是在哪里找到的？"

"在烘碗机里发现的，我想把烘碗机里的积水倒掉，然后小刀就从排水的缝隙中掉出来了。"

"那么，市村智子以为丢掉的小刀就是这一把。一定是地震时掉下去的，并不是被人偷走了。"

"那么凶器就是另外一把水果刀。"栗原说。

"但是这里只有一把水果刀。"站在门口的玛莉说。

"你怎么知道？"栗原转过头问。

"昨天我到厨房去要咖啡的时候，市村女士正用一把大菜刀削苹果皮，她还抱怨说：'没有水果刀真不方便。'"

"跟我说一声，我去给她买一把不就行了。"一年到头被晴美支使买这买那的片山说。

"我也是这样说的。她说只剩下两天,不用再买了。"

"后面的事你们看着办吧,我要回去补觉了。"南田打着哈欠走了出去。

聚集在大厅里的人吃着玛莉和晴美做的三明治,每个人都一脸沉重。

"真不明白……"玛莉说,"为什么市村女士会被杀呢?"

"原因在于……"栗原也来到大厅,"这个女人在你们的房间里安装了这个东西。"

栗原手上拿着一个塑胶袋,里面装着几个四方形的小东西。

"这是什么?"真知子问。

"高性能FM无线麦克风,也就是窃听器。"

"那个东西在我们的房间里?"长谷和美瞪大眼睛,"怎么会有这种事?简直不可原谅!"

"片山刑警很早就发现了这个东西的接收装置,所以市村智子急忙把窃听器拆除收回了。"

"她是什么时候装的?"玛莉说。

"只要向负责整修的公司打听一下就知道了。市村对须田说要事先查看厨房的设备,在工程进行中她来过好几次。"

"原来她早有预谋要来这里,"长谷和美兀自愤愤不平,"是谁指使她这么做的?"

"很遗憾，目前还不清楚。"栗原露出微笑。只要有命案发生，他就心情大好。"总之，市村智子被杀死了，所以，肯定有一个凶手。"

大厅顿时鸦雀无声。

"古田君……你是古田君吧？"

"是的。"

"片山刑警到厨房去的时候，你在干什么？"

"我在……喝牛奶。"

"你看到辻纪子小姐从市村智子的房间出来，那么，你有没有看到她进去呢？"

"这个……"古田一扫平日的高傲，支支吾吾说不出话来。这时，辻纪子站起来对栗原说："让我来说吧。"

"好，请说。"

古田阻拦辻纪子："喂……"

"算了，已经没法再隐瞒了。"

"究竟是怎么回事？"

"我和古田已经结婚了。"辻纪子耸耸肩说。

全员目瞪口呆。

"但是……你们之前吵得那么凶……"长谷和美大声质疑。

古田苦笑道："我们说好要暂时隐瞒这件事。这里明文规定，不能讨论新曲如何诠释。我们是夫妻，所以可能会引发怀疑，甚至导致参赛资格被取消，所以我们决定在这里不和对方说话。但是完全不交流也很奇怪,因此一到这里我们就先假装大吵了一架,然后互不理睬,就显得很自然了。"

"原来那天晚上在走廊上看到的那对男女就是你们俩。"片山说。

"那是晚间访问,"辻纪子说,"毕竟我们是夫妻呀。"

"真是被你们骗得团团转!"玛莉高兴地说,"一点儿破绽都没看出来。"

"如果因为这件事而被取消决赛资格,那也只好认了。"古田说。

"这件事请朝仓先生裁决吧,"栗原说,"那么,当时你们在厨房里干什么呢?"

"我们想喝咖啡……"古田说到这里,辻纪子补充说:"我们有睡前喝咖啡的习惯。

"我们来到楼下,在厨房里不小心把茶壶碰掉了,发出很大的声音。我们也吓了一跳,可是市村女士好像没有被吵醒,我们就继续烧水,然后就听到刑警先生的脚步声……

"我只好躲到市村女士的房里。我走进去时她不在床上,但浴室的灯是亮的,门稍微开着,可是里面没有一点儿声音,我觉得很奇怪,就走过去看……"

"原来如此。那么你们下楼时,餐厅和厨房的灯都是开着的吗?"

"不,厨房里通常都会留一盏小灯。"

"你看到其他人了吗？有没有感觉到有人藏在暗处？"

"没有……你呢？"

让纪子也默默摇头。

"嗯……"栗原轻抚下巴做沉思状，然后说，"到目前为止，杀人动机还不清楚。可是经过调查之后，一定会发现市村和在场的某位有关联——我希望这个人能自动站出来。"

栗原的语气十分温和，但大家谁都不敢作声。

"凶手难道没有从外面潜入的可能吗？"古田问。

"这次所有门窗都从内侧锁好了，即使凶手是从外面进来的，也一定有事后帮忙锁门的共犯。"

又是一阵痛苦的沉默——突然，真知子站起来。

"不管是谁，赶快承认吧！大家拼命努力，如今却因为一个人，让大家都受影响。不要这么自私好吗？我真受不了了！"真知子崩溃地大哭起来。

"真知子！"玛莉过来想拥抱她，真知子却把她推开，说："这一切都是因你而起！你怎么不去死！"

歇斯底里的真知子口不择言，被推开的玛莉脸色铁青，呆立当场。

过了半天，真知子总算收住眼泪。

"对不起……我突然失控了……"

"没关系，"玛莉再度走到真知子身旁，"接连发生命案，大家都有些反常，这也是难免的……"

真知子回身与玛莉紧紧相拥。

"你们的立场我很了解,"朝仓看着古田和辻纪子,困扰地说,"可是,如果事先能对我说明……"

"连父母都不知道我们结婚的事,"辻纪子说,"所以,如果您认为我们材料造假,那也没办法。但无论如何,请准许他参加比赛,我愿意放弃。"

"不可以,"古田说,"如果只能一个人参赛,你的演奏技巧比我好,应该由你参加。"

"你们俩别争了!"朝仓疲倦地叹息,"最近发生太多事,搞得我头昏脑涨。"

大厅里现在只有朝仓、古田和辻纪子三个人。经过一番思考,朝仓说:"大久保君退赛之后,只剩下六个人了。无论怎样,比赛都要按期举行,如果再少了你们两人,实在说不过去。"

朝仓又叹了口气:"问题是,其他选手会不会提出抗议呢?"

古田和辻纪子都低头不语。

这时,大厅的门突然被推开,以玛莉为首,真知子、长谷和美、丸山才二四人鱼贯而入,每人手里都拿着小提琴。

"这是干什么?"

没有人回答朝仓。他们走到古田和辻纪子的身后排成一列,然后架好小提琴，玛莉微微一点头，四个人开始演奏起来。是门德尔松的《婚礼进行曲》。

朝仓不禁露出微笑。古田和辻纪子互望一眼，笑了，二人的手牵在一起。

一曲终了，真知子说：

"恭喜你们结婚！"

"你们两人一定要一起参加决赛。加油！"玛莉说。

"谢谢你们！"一向好强的辻纪子热泪盈眶。

"好像已经有结论了，"朝仓站起来，赞赏地说，"刚才的表演非常完美！"

"即使没有指挥，我们也能演奏得这么好！"长谷和美说。

朝仓听了大笑起来。

4

"音乐真是个了不起的东西!"晴美说,"听了他们的演奏,我激动得快哭出来了。"

"他们演奏的是什么呀?"

"《结婚进行曲》呀。"

"啊,我说怎么好像有点儿耳熟呢。"

"哥哥……"晴美瞪着片山。

下午三点并不是吃饭时间。忙得连午餐都没顾上吃的片山和晴美来到附近国道旁边的一家餐厅,开车的是刚好赶来这里的石津。

片山问石津是否吃过午餐,他回答说:"没有,今天只吃了一顿。"

"早晨吃了一顿?"

"不,中午吃了一顿。"

就这样,三个人围着餐桌坐下。福尔摩斯也蜷腿坐在一边,其实这是违反规定的,但是店里并没有其他客人,所以也让它进来了。

"我也喜欢那首曲子。"

"哪首曲子？"

"就是《婚礼进行曲》呀，真希望能早日听到。"

石津迂回地向晴美求婚，但这种方式实在过于迂回，就像明明打算去邻居家，却非要从反方向绕地球一圈再到邻居家一样。所以，石津的失败是必然的。

"你想听就自己去听好了。"片山故意逗他。

"原来晴美小姐也喜欢那个曲子呀，太巧了，哈哈哈！"

大概只有刚办完离婚手续的人才会讨厌《婚礼进行曲》吧。

"话说回来，我真希望能赶快解决事件，让大家安心地参加决赛。"片山说。

"别急，还有时间。"

"明天就是决赛了！"

"明天上午十一点才比赛，还有二十个小时呢。"

"话是不错……"片山苦笑，"但光是查出指使市村智子的人，就需要好几天呢。"

"这个好办。"

"你有什么办法？"

"比如，可以用哥哥当钓饵把凶手引出来。"

"别瞎说！"

"你不觉得市村智子事件与小畑妙子事件，情况大不相同吗？"

"是的。上一次可以确定小畑妙子是在外面被杀,而且凶手移尸后还打开电热炉,做了种种布置;可市村智子事件不一样。"

"好像是突然发生的。"

"而且,这一次很明显是在房内杀人。刀上虽然没有采到指纹,但那是因为沾到水的关系,似乎并不是凶手故意擦掉的。"

"也就是说,两起命案的凶手不是同一个人?"

"应该不是。"

"那么,这两件案子应该分别侦破。"

"目前基本可以确定的是,市村智子一定是受人指使去安装窃听器的。"

"还有一点可以肯定,这一切都与音乐大赛有关。"

三个人喝着餐后咖啡,陷入沉思中——外面大雨滂沱。

"明天会放晴吧。"晴美说。

"只要晴美小姐给老天爷抛个媚眼,立刻就会雨过天晴。"

"哎哟,石津先生嘴真甜呢。"

"即使天气放晴,选手们的心情也不会'放晴'。"

"话说,有一件事困扰我好久了。"

"什么事?"

"就是小畑妙子那个案子,尸体旁放电热炉到底是出于什么目的呢?"

"那是因为……"

"为了干扰死亡时间的推定吗？但是死者身份已经查明，根本没人需要提出不在场证明啊。"

"是啊。"

"也就是说，那些电热炉另有作用。"

"也许是在做商品试用？"石津说。

"还有，那些打乱顺序的百科全书也一定有问题——你说，在天气不冷的情况下，什么事需要电热炉呢？"

"这个嘛……比如需要烘干衣物的时候。"

"但那里并没有洗过的衣物。"

"难道是烘干尸体？但又不是淹死的……"

"我总觉得哪里有问题。"片山又开始抱头苦思。

福尔摩斯突然站起来，发出呼呼的叫声。

"喂，怎么了？"

"哥哥，你看……"

有一对上年纪的夫妻正好走进餐厅，老太太手上牵着一只白色长毛狮子狗。

"糟了！"

说时迟那时快，狗也发现了福尔摩斯，开始汪汪狂叫。

"弗雷德里克，你怎么了？"

老太太安抚着那只狗，可是狮子狗挣脱主人，向福尔摩斯的方向——也就是片山的方向冲过来。

"哇！"

来不及躲闪，块头不小的狮子狗已经窜到片山面前。

桌上装有剩菜的盘子被打翻，半杯咖啡正好泼在片山裤子上。

福尔摩斯当然不会傻傻地坐以待毙，当狮子狗跳上餐桌时，福尔摩斯已经沿着窗边跑向门口了。

狮子狗还在餐桌上汪汪叫着，把酱油瓶、糖罐子都打翻了，桌上一片狼藉。

"啊！"晴美一声尖叫，好像有人要杀了她似的。

狮子狗从餐桌跳下，朝福尔摩斯追过去。

"弗雷德里克，站住！"

老太太虽然站出来挡住狮子狗的去路，但是那狗去势太猛，哪里拦得住。

狮子狗从老太太胯下冲了出去。

"啊！"女主人一屁股跌坐在地上。

"福尔摩斯！"晴美急忙在后面追赶。一猫一狗都跑到了外面。

晴美站在门口大叫："福尔摩斯！福尔摩斯！"

狮子狗的主人也不甘示弱，她艰难地站起来，大声叫着："弗雷德里克！弗雷德里克！快回来！会感冒的！"

"福尔摩斯！"

"弗雷德里克！别理那种野猫！"

晴美勃然大怒，大叫："福尔摩斯，不要理那个破烂玩具！"

"你说什么！"老太太大为光火，"弗雷德里克是在德国出生的！是有血统证明的高贵品种！"

"天才福尔摩斯！名侦探！大总统！快回来呀！"

"五十万日元的弗雷德里克，快回来！"

"福尔摩斯殿下！福尔摩斯公主！"

"弗雷德里克大人！"

"真受不了……"片山好想找个地洞钻进去。餐厅里的服务员一个个捧腹大笑。

福尔摩斯先回来了。

"没事吧？你一点儿都没淋湿呀！"

福尔摩斯回到餐桌旁，气定神闲地坐下。

"一定是跑到雨淋不着的地方去了。"

"当然，福尔摩斯是最聪明的。"晴美得意地夸耀。

"你神气什么！"

狗的主人依然不肯善罢甘休。

"我的弗雷德里克！可爱的弗雷德里克！"

那位老先生似乎有些过意不去，不住地向片山道歉，然后对太太说："喂，算了吧！"

"你闭嘴！弗雷德里克！比老公更可爱的弗雷德里克！"

老先生气得回到自己的座位坐下。

"啊，弗雷德里克，你终于回来了。真可怜！外面很冷吧？

乖乖！"

晴美扑哧一声笑出来："你们快看那只狗！"

"落汤狗"一副无精打采的样子，刚才的威风一扫而光。

"那是刚才那只狗吗？"

长毛蓬松时，狮子狗显得圆滚滚的，然而，皮毛淋湿以后却看起来又瘦小又干瘪。

"太厉害了，简直是大变身啊！"片山说，"不过，我的裤子也湿了。"

"我们回家用电热炉烘干好不好？"老太太哄着湿透的狮子狗，瞪了晴美一眼。

"讨厌！"晴美吐吐舌头。

福尔摩斯又开始叫唤，狗也汪汪大叫。

"喂，福尔摩斯，你适可而止吧，你们把店里弄得够乱了……"

福尔摩斯盯着片山，然后转头看看狗，又回过头来看看片山。

"喂，你要说什么？"

片山看看狗，淋湿的长毛贴在它身上。

等等……

"怎么了？"晴美奇怪地问。

"原来如此！"片山猛然站起来。

"怎么回事？你不要吓我呀。"

"我明白了!"

"明白什么?"

"那些电热炉!我知道原因了!"

"真的吗?"

"小畑妙子不是在外面被杀死的,她是在那栋房子里被杀死的。"

"在房里?"

"就是在那个书房里。"

"可是,没有血迹……"

"这就是凶手的诡计。我们走!"片山抱起福尔摩斯,"石津,你也来!"

"哦……"

"我需要一个力气大的家伙帮忙。"片山急忙向门外走去,"晴美,买单就拜托你了。"

片山把书房的门完全敞开。

"这间书房的门能够开得这样大,也是要点之一。"

"什么意思?"

"尸体放在厚地毯上,尸体上的血已经干了,地毯上没有血迹,也没有擦洗过的痕迹,所以我们认为小畑妙子是在外面被杀死,然后移尸到书房。"

"对呀。"

"如果她被杀时,书房的地上没有地毯,会是什么情形呢?"

"什么?"

"也就是说,先把地毯移走,然后杀死小畑妙子,把流到地板上的血擦掉,等尸体上的血干了,再把尸体抬到走廊,最后铺好地毯把尸体抬回书房。"

"不可能!"晴美说,"你看,三边都有书架压在地毯上,怎么可能把地毯移走……"

"不,不是你说的那样,"片山走到书架旁,"书架是固定在墙上的。看起来好像是压在地毯上,但如果拿走地毯,就会发现书架和地面之间留有一点儿空隙。"

"可是,书架压得比较紧,即使把地毯拉出来,也放不回去呀。"

"我们试验一下好了。喂,石津,该你上阵了。"

"干什么呢?"

"把书拿下来。"

"哪本?"

"全部。"

"全部?你想害死我啊?"石津嗷嗷怪叫。

"加油吧,我答应让你和晴美约会还不行吗?"

"真的吗?"石津两眼发亮,他脱掉外套扔在一边,拉开架势,"来吧,我准备好接招了!"

"又不是叫你来打架。晴美,到餐厅拿两把椅子来。"

"好。"晴美急忙把椅子搬来。片山和石津取下书本,晴美把书一批一批送到走廊上。

三个人累得满头大汗,但一个多小时就把所有的书都搬完了。

"只有福尔摩斯没出汗,"晴美喘着气说,"下一步呢?"

"把茶壶和水拿过来。"

"水?要喝吗?"

"不是喝的。茶壶越大越好,拿两个来。"

"我不管了,你们男人去拿吧!"晴美噘起嘴。

片山和石津提着装满水的大壶回来了。

"这个干什么用?"

"你好好看着。"

片山走到书架旁,跪下来把茶壶里的水倒在书架下面。

"你干什么?"

"把书架下的地毯弄湿呀。你看,这是最高级的地毯,毛很长,但如果遇到水,毛就会塌下去,变得薄薄的,就跟刚才那只狗一样。石津,你到那边的书架去浇水。"

"好。"

在三道书架下都倒上水之后,片山说:"现在拉出地毯。"他从门口走到走廊。"石津,你拉那一边。"

"是。"

两个人并排抓住地毯的一边。

"一，二，三！"

片山喊着口令，两人同时用力拉，居然轻而易举就把地毯拉动了。

"动了，动了。"晴美说。

"看，书架下有一点儿空隙吧？"

"真的。因为书架固定在墙上，所以不必靠地板来支撑。"

"对。现在我们看看能不能把地毯放回原位。"

把地毯放回去虽然比较麻烦，但下面的地板上铺着瓷砖，沾了水又很湿滑，所以最后还是把地毯放回去了。

"然后把书放回书架。"

"原来如此。因为无法把书摆回到正确的位置，所以百科全书的顺序才会乱七八糟。"

"然后是电热炉。"

"电热炉是用来烘干地毯的。"

"没错。凶手为了误导警方，故意把电热炉对着尸体，其实他最主要的目的是要烘干地毯，连这一点他都算计好了。"

"我终于明白了。但是，到底是谁干的？"

"尸体旁掉落的那些白色粉末，大概是松香吧。"

"松香？"

"不仅小提琴，很多弦乐乐器的弓都需要使用松香。我在这里看到过好多次，他们把弓放在松香块上摩擦。演奏时，松香粉会飞落，就是那种白粉。"

"这里出现那种粉，你的意思是……"

"应该是拉小提琴的人干的。"

"……是谁？"

"事情很明显。你想，光是把这些书取下再放回，就是一件很累人的事，即使有市村智子帮忙，女生也做不到。即使是男人，像古田君那种富家公子，也不可能……"

"那么……"晴美正要说出她的推断，背后突然传来一个声音——

"没错。"

三个人回过头。

"是我干的，"丸山才二一脸疲倦地站在那里，"杀死那个女人的是市村智子，不过，我当时也在。我每晚都到市村智子的房间去。"

"那么，杀死市村智子的是……"

"是我。"

"丸山先生……"是玛莉的声音，她正站在楼梯下。

"樱井小姐，有人告诉我，只有你才是我的竞争对手，我曾经想过，如果没有你……或是你受伤不能参赛，那该多好！……对不起。"

"我只不过是个普通的女孩呀！"玛莉伤心地靠在楼梯上。

"你用钱收买了市村智子吗？"

"是的……她本来就不是个好人。我认识她时，她是个寡妇，和她发生关系之后，我才知道她杀死了自己的丈夫并伪造成事故。后来她把丈夫留下来的钱花光了，为了钱，她什么都肯做。所以，我花钱要她做这件事。"

"那你为什么杀了她？"

"因为她毫不手软地杀死自己的丈夫，并想方设法消灭证据，说句不要脸的话，我觉得很害怕。所以昨晚和她上床之后，我提出付给她酬金，然后一刀两断……可是她……"

"她缠住你不放？"

"是的。"

"她说如果分手就要揭穿你的真面目，是吗？"

"是的。所以我只好先温言安抚她，等她安心后，我就离开了。但是我越想越气，于是拿起厨房的刀，又回到她的房间，趁她正要洗澡的时候，刺死了她。"

丸山说完，沉默了一会儿，然后他看着片山说："我有一个请求。"

"什么请求？"

"请把这个……"丸山从口袋里拿出一张叠好的信纸，"交给朝仓先生……我一直把它放在身上。"

"这是什么？"

"这是申请退赛的报告，日期写的是昨天。如果在退赛以后被逮捕，就不会影响比赛和其他选手了吧？"

"丸山先生……"玛莉喃喃地说。

"我知道了,"片山点点头说,"我一定会交给他。"

"片山先生,"石津问,"这些书怎么办?"他指着走廊上堆积如山的书。

"放着吧,以后会有人帮忙收拾的……"片山回过头,看到丸山突然转身跑出去。

"喂,停下!"

"丸山先生!"

丸山一口气跑上楼梯,片山和石津在后面紧追不舍,晴美、玛莉和福尔摩斯也跟在后面。

丸山经过二楼走廊,跑进自己房间,片山等人迟了一步,丸山已经把门锁上。

"喂,开门!不要做傻事!"

"丸山先生!快出来吧!"玛莉大叫。

虽然房门上都有隔音设施,但这样声嘶力竭的喊叫还是使得其他人都从房里出来了。

"发生了什么事?"辻纪子问。

"丸山先生……丸山先生他……"玛莉哽咽着说不出话。

片山和石津用身体拼命撞门,门终于有些松动。

"他用床顶住了门,大家快来帮忙!"

于是,大家一起用力推门,终于一点一点地推开了。

"可以了。"

片山侧着身，挤进屋里。石津也想如法炮制，但是他的身体比片山壮实，被夹得两眼翻白，好不容易才挤进去。

片山站在浴室门口，脸色惨白。

"没事吧？"石津问——其他人也陆续进来了。

"都别过来！"片山急忙大声警告，但为时已晚。

"丸山先生！——怎么会这样！"玛莉凄厉地哭喊。

丸山手拿刀片倒在地上。和大久保不同，他是割喉自杀的，显然已经气绝。

5

"原来音乐是可以让人豁出性命的东西啊!"石津说。

这话听起来并不怎么发人深省,但是对石津而言,能说出这么一句有内涵的话已经很难得了。

已经是晚上十一点多,再过十二个小时,斯塔维茨音乐比赛的决赛就要正式开始——迄今为止发生的种种事件实在令人唏嘘。

"真让人难过。"晴美说。

晴美和石津难得单独待在一起,片山和福尔摩斯依然留在那栋房子里工作。

"真想喝一杯。"晴美的提议立刻得到石津的赞同,于是在回程路上,两人来到一家小餐厅。

"幸好在决赛之前把事情都解决了。"石津说。

"嗯……可是,那个看起来忠厚老实的丸山居然是凶手。"

"俗话说,人不可貌相啊!"

"没错。再来一杯!"

"你还能喝?"

"当然能，没问题的。喂，要是我喝醉了，你会送我回去吧？"

"那当然！"石津干脆地回答。

"我知道石津先生是不会乘机把我带到酒店去的。"

"请相信我！"

"我知道和你在一起绝对安全。"

其实，"绝对安全"并不一定是夸奖……

晴美又喝了一杯兑水的威士忌。

"石津先生……"

"怎么了？"

"我还是有一点想不通。"

"什么想不通？"

"我不相信那个丸山真的会企图伤害玛莉小姐，并谋划杀掉不相关的人。"

"人不可貌相……啊，刚才已经说过了。"

"如果他是那样的人，会主动坦白吗？会写下退赛申请吗？会割喉自杀吗？"

"也是。"

"其实我们并没有确凿的证据指证他就是凶手，所有的事情都是他自己交代的——好奇怪！"晴美摇摇头。

这是一家很小的餐厅。电话铃响了，有个女孩儿被叫去接电话。

"你怎么知道我在这里？……我刚到！哦——原来是小健告诉你的……吓我一跳，我还以为你是千里眼呢，嘿嘿嘿……"

晴美放下酒杯："对了。"

"嗯？"

"我忘记那个电话了。"

"你要打电话吗？"

"不是，是打来的电话。"

通知玛莉和真知子进入决赛的电话之后，紧接着的那个威胁玛莉的恐吓电话。其实，晴美和整个事件的"缘分"就是从那个电话开始的，但她却把这件事忘得一干二净！……打电话的人为什么会知道玛莉晋级决赛？为什么会知道玛莉就在那家餐厅？

谁会知道这些？晴美始终没有怀疑这件事，因为她在潜意识中认为打电话的就是当时在大厅里的那个女人。

但是，玛莉在比赛中取胜对小畑妙子根本没有影响，这件事对小畑妙子而言完全不重要，她甚至可能不知道有音乐比赛这回事。

她只是深信玛莉是自己的亲生女儿罢了。

"晴美小姐，"石津担心地问，"你没事吧？"

"别说话！只差一步我就明白了！"

还有，杀害浜尾恭子的谁？是丸山？还是市村智子？

不管是谁，他们是怎么知道浜尾恭子已经被录用的？浜尾恭子去过事务所之后，当天就被人杀害，从那时开始，她再没有出现过。

如果是这样,一定有人埋伏在某处伺机攻击浜尾恭子,或者通知丸山或市村智子下手。

是须田吗?但正如片山所说,须田无须杀死她,只要不录用她就行了。

这么说来……

知道这些事的只有一个人,就是那个事务所的办事员——道原和代。

福尔摩斯睁开眼睛。

有人从走廊走来。

门外响起敲门声。片山还没有从案件的冲击中完全恢复平静,一听到敲门声,立刻坐起来。

"是谁?"

门外无人回答,敲门声却没有停止。

片山只好下床,打着哈欠,披上睡袍。

"等一下!"

他打开房门。

玛莉穿着睡衣站在门外。

"有……有事吗?"

"让我进去……好不好?"

"哦——请进。"

片山关上门，但没有上锁，这么做是理所当然的。

"我睡不着……"玛莉坐在床边。

"已经很晚了，而且明天就是决赛日。"

"是，我知道。片山先生……"

"什么事？"

"明天就要跟你说再见了。"

"是啊……"

"我……喜欢你。"

"我是个无趣的男人。"这是片山的由衷之言。

"不，你不是，虽然你分不清拉贝尔和德彪西，但那完全不重要，我不在乎。"

分不清谁和谁？我没听说过这两个名字呀！片山心中迷惑。

玛莉慢慢站起来，一步步靠近片山。和以往一样，片山向后躲避，但玛莉靠近的速度更快。

玛莉突然伸出双臂搂住片山的脖子，吻上他的嘴唇。和以往碰到这种情况时一样，片山整个人僵硬了。

"喂……你……该回去睡了……"

"我不回去！"

"为……为什么？"

"我要成为你的人之后再回去。"

"我已经是大叔了……"

"这种时候不要讲这些没用的。"玛莉拉着片山的手走向床铺。

"别……别这样！松手！会把睡衣拉破的。"

"没关系，反正要脱掉。"

"我不脱！"

"那我脱！"

玛莉突然松手，片山因为惯性摔倒在地上——福尔摩斯不忍直视地闭上眼睛。

玛莉脱掉睡衣，在朦胧的灯光中，年轻的身体赤裸着，莹白剔透。片山猛地咽了一口口水。

"你……你会感冒的！"

"那你来温暖我吧！"玛莉走近呆坐在地上的片山，坐在他对面，凝视着他的双眼。她的眼神专注而认真。

"求求你，不要赶我走。"

片山想，如果接受她，也许会伤害到她。但是如果此刻推开她，会伤她更深。

箭在弦上，片山仍然瞻前顾后，迟疑不决。

"你……真的愿意吗？"

"嗯，我已经准备好了。求求你，接受我吧！"

片山再也无法拒绝。他伸手轻抚着玛莉的脸颊，玛莉投入片山的怀抱之中。

两个人拥抱着倒在厚厚的地毯上。

就算有女性恐惧症，片山也豁出去了——这种说法好像不太对，却是片山此刻真实的心情。片山抱紧玛莉，玛莉轻声呻吟。

房门被悄悄地推开一条缝。

一只持刀的手继续推门，地毯上的两个人却浑然不觉。

那人走进房间，向前一个箭步，举起刀子。

福尔摩斯嗷地大叫一声。

拿刀的手停在半空，福尔摩斯那灵巧的身体像子弹一样飞出去，尖锐的爪子抓上刺客的脸，那是一个女人。

"哇——"

女人尖叫一声丢下刀子，甩开福尔摩斯，冲向走廊。

片山跳起来对玛莉说："你留在这里！"

片山跑到走廊上，看到那个女人正捂着脸痛苦地扭动。

片山抓住她的手，她试图反抗，但是，也许是因为血流入眼里，她挣扎了几下，认命地趴在地上。

片山喘着粗气站起来。

玛莉一面穿睡衣一面走出来。

"她是谁？"

"好像是叫道原……是事务局的办事员。"

电话铃响了。

"你去接一下好吗？"

"好。"

玛莉走回片山的房间接电话。

"喂？啊，是晴美小姐，我是玛莉。"

"你好好听我说,凶手是那个叫道原和代的女人。"

"啊,哦,那个人现在倒在走廊上。"

"倒在走廊上?已经捉到她了吗?"

"好像是的。"

"太好了……"晴美松了口气,"不过,玛莉小姐,你在我哥哥房里做什么?"

"道原和代原来是丸山才二的姐姐。"片山义太郎说。

"这样啊,"栗原点点头,"这么说来,一切都是道原和代设计的啰?"

"是的。她结婚后改姓道原,不久又离婚,但是并没有恢复旧姓。"

凌晨四点,警方相关人员都集中在大厅里,晴美和石津也回来了。

参加决赛的选手都睡了——即使无法入睡,但至少都上床休息了。

"这么说来,丸山是为了替姐姐顶罪,所以才痛快自首的。"

"对,然后再自杀。姐姐知道弟弟自杀后,就带着刀来了——你是怎么发现凶手是她的?"

晴美把恐吓电话和浜尾恭子的事分析了一遍。

"原来如此,"栗原点头道,"很精彩的推理,你要是能代替片山在警视厅工作就好了。"

片山干咳一声。

"她好像一心希望弟弟在比赛中获胜。她到新东京爱乐乐团事务局工作,也是为了帮弟弟拉关系。"

"甚至不惜杀人?"

"这次比赛对于丸山至关重要。道原和代从朝仓先生那里偷听到樱井玛莉是夺冠的最大热门,所以她抱有一种执念,认为只要把玛莉除掉,弟弟就再无竞争对手。"

"企图划伤玛莉手臂的人就是她?"

"是,她已经承认了,把玛莉的母亲推到水池里的也是她。"

"果然是她。小畑妙子太瘦弱了,没力气干这种事。"

"她可能以前就认识小畑妙子,后来想到可以利用小畑妙子的神经质来达到扰乱玛莉情绪的目的。但是,效果不如她的预期,情急之下她就开车埋伏在玛莉慢跑的路上,想用刀划伤她的手臂,没想到却弄错了对象。"

"后来,警方派人保护玛莉,她失去了下手的机会。"

"对。所以,她又想方设法把市村智子送到这里来当厨师——市村智子是她的朋友。"

"可是为什么要杀掉浜尾恭子呢?"

"道原和代原以为市村智子会是第一个来应聘的,结果却被浜尾恭子捷足先登。道原和代急忙和市村智子联络,叫她想办法。于是,市村智子杀了浜尾恭子,得到厨师的工作。"

"真是个疯子!"

"总之,市村智子进入了这里,在每个房间里装上窃听器,可是由于地震,窃听器被发现了。另外,道原也没能成功杀掉玛莉的母亲——事情进行得很不顺利。"

"她为什么不直接对玛莉小姐下手?"

"那怎么行?在集训地之外的地方还好说,但如果玛莉在这里被杀或受到伤害,其他六个参加比赛的选手自然会有重大嫌疑,比赛也就办不成了。"

"对,那样就得不偿失了。"

"所以她要费尽心机让我们误以为小畑妙子是在外面被杀的。"

"她为什么要杀小畑妙子?难道只是为了干扰玛莉小姐?"

"也有这个目的,但最主要还是为了灭口。道原和代说玛莉是小畑妙子的女儿,她信以为真,急着要和玛莉见面,道原和代怕小畑妙子见到玛莉后泄露真相。而且,对道原和代来说,小畑妙子已经没有了利用价值,与其留下后患,不如趁早把她解决掉。另外,她选择离玛莉最近的地方把小畑妙子杀掉,也是希望多少能影响到玛莉的情绪。"

"丸山任由姐姐摆布吗?"

"姐姐是为了他才犯下种种罪行,而且他可能也无从劝阻。他试图从市村智子身上寻求慰藉,我想他一定非常痛苦。"

"那么,丸山说他早就认识市村智子,是在说谎?"

"大概都是从姐姐那里听来的吧。他杀死市村智子,也许是因为市村说了他姐姐的坏话。"

"小畑妙子是怎么被带到这里来的?"

"是道原和代带她来的,只要说去见玛莉,小畑妙子就会乖乖地跟来。如果在屋子外面下手,恐怕有人透过窗户看到,所以把她带到书房里才动手。事后她又割破大厅的玻璃窗,让人以为小畑妙子是在外面被杀。"

一时间,大家都沉默不语。

"好,现在一切真相大白,"栗原说着站起来,"总之,全都结束了,真是累人啊!"

"累死了。"石津说。

"你也回去睡觉,知道吗。"片山说。

"知道了,"晴美也站起来,"对了,还有一个问题。"

"什么问题?"

"你和玛莉小姐进行到最后环节了吗?"

"喂!"片山大惊,"你不要胡说!"

晴美大笑起来。

6

"今天的早餐太棒了!"古田说,"是谁做的?"

"我,"辻纪子说,"还有樱井玛莉小姐、植田真知子小姐,以及长谷和美小姐。"

"哦,原来是女生齐上阵呀,"古田苦笑,"只剩下了我一个男的……"

"加油!"片山为他打气。

"今天天气晴朗,是个好日子。"真知子说。

"比赛和天气有关系吗?"片山问。

"没有湿气的话,小提琴的声音会更动听。"古田说。

"哦,原来如此!"

"……好像有点儿冷清。"长谷和美说。

没错,少了大久保靖人和丸山才二,市村智子也走了。

"这一周的经历我永生难忘。"长谷和美说出这样伤感的话,让人感到很意外。

"大家都是一样的。"辻纪子说。

玛莉一句话也没说。由于昨晚睡眠不足,她双眼通红,但神情却出奇沉稳。

"刑警先生,谢谢你。"古田说。

"什么?哪里哪里,这是我份内的工作。"片山有些难为情。

"比赛结束之后我可以和你约会吗?"长谷和美说,"我不会再勒你的脖子了。"

"但愿如此。"片山苦笑。他的目光不经意间和玛莉相遇,玛莉红着脸低下头。

"一切都结束了?"辻纪子问。

"结束了,凶手已经落网,不会再发生意外了。"

"那么,我们可以毫无后顾之忧地去战斗了!"辻纪子明朗的声音让这个早晨显得格外美好。

"九点半有车来接你们。"片山看看表。

"刑警先生也一起坐车去吗?"

"不,我要先回警视厅,但是我一定会去观赛的,"片山看着旁边说,"和这家伙一起去。"

福尔摩斯抬起头叫了一声,引起一阵开怀大笑。

"大家都出来了?"片山环顾四周,"好,要锁门了。"

他锁好大门,漫长波折的一周终于结束了。

片山向自己的汽车走去,福尔摩斯跟在后面。

大家也陆续走向面包车。片山坐进车里,让福尔摩斯坐在副驾驶席上,发动引擎。

车子慢慢加速,片山从后视镜看着那栋房子。

"真是难熬的一周啊,"车子开上大路,片山对福尔摩斯说,"不过,也不算太糟,事情都解决了,而且还跟女孩儿接吻了……我那样做是对的,是不是?"

福尔摩斯打了个哈欠。

"那个女孩儿又可爱又温柔,太完美了。"

"是吗?"

"是啊!"片山肯定地说。蓦然,他惊恐地回过头,看到玛莉的笑脸。片山急忙把车停在路旁。

"你……在做什么?"

"我在这里坐着呀。"

"这我知道……我现在要去警视厅,而你应该坐那辆面包车去赛场……"

"我不参加决赛了。"

片山大感意外:"你怎么……"

玛莉立刻打断片山。

"不,你听我说。昨晚我越想越厌恶,人居然为了音乐而互相残杀……这是不对的!就是因为有比赛这种东西,才会发生如此惨剧。"

"可是……"

"我知道对不起妈妈,可是我决定放弃小提琴了。"

片山无言以对。

站在玛莉的立场上,片山无法责备她。因为她,已经有几个人丢掉了性命，片山很理解这种无可奈何的感觉。

"片山先生。"

"什么事？"

"我们现在去一个地方吧。"

"去哪里？"

"酒店，或汽车旅馆……"

"你……是认真的吗？"

"昨晚如果没人打扰，你不是也想……"

"这……也对。"片山感到难过，因为他不能否认。

"求求你……我不想就那样和你告别。"

片山沉思片刻，点点头："好吧，那么就去找一家酒店吧。"

"谢谢，我好高兴！"玛莉兴奋得手舞足蹈。

"喂，这可是公家的车子，别弄坏了！你坐到前面来吧。"

"好！"

"福尔摩斯，你到后面去。"

福尔摩斯懒洋洋地跳到后座，玛莉移到前座。

"到远一点儿的地方吧……你困不困？"

"有点儿困。"

"你先睡一下，到了我会叫醒你。"

"我可以靠在你身上吗？"

"可以。"

玛莉把头靠在片山肩上。

汽车慢慢起步。

"真幸福……"

"是吗?"

"真的,我第一次感觉这么幸福……过去总是被追着往前走。"

"好好休息吧。"

"嗯……你的肩膀好舒服,我睡了。"玛莉闭上眼睛,轻轻叹息。

片山开了一段路又再度停下车。玛莉睡得很熟。

片山手握着方向盘发了好一会儿呆,然后一声长叹,发动了汽车。

片山停下车,轻摇玛莉的肩膀。

"到了,起来吧。"

玛莉呻吟一声,睁开眼睛,又眨眨眼,对着片山微笑着说:"早安。"

片山心里一阵刺痛。多好的姑娘啊!我真是天字第一号大傻瓜!

玛莉深吸一口气,转头向外看。

"这里是……"

是文化会馆。

玛莉转过头盯着片山,吐出一个词:"骗子!"

片山心痛极了。

"将来你一定会后悔今天没有来这里。"

玛莉扭过脸不理他。

"你知道吗？"片山继续说，"你的心情我很了解。我也觉得比赛不能代表音乐的真正面貌，但犯错的是人，而不是比赛本身。"

玛莉没有说话。

"我对音乐一窍不通……你对莫扎特、贝多芬……"片山实在想不出第三个音乐家的名字，"总之，你很喜欢这些人的音乐，对吧？那就去把它们演奏出来呀！用你的才华让这些音乐流传后世。"

片山停顿片刻，又说："搞音乐的人做坏事、犯错误，但是你能说那是贝多芬或莫扎特的错吗？"

玛莉转头看着片山，泪盈于睫。然后，她又回头看向文化会馆。

"现在去还来得及。"

"可是……我没有小提琴。"

"不要紧，小提琴在面包车上，我刚才已经打电话问过了。"

玛莉眼泪汪汪地看着片山。

"快去吧！"

玛莉搂住片山，她的眼泪流进两人嘴里，味道是那样苦涩。

玛莉松开片山，打开车门下了车，头也不回地向文化会馆跑去。

片山长叹。

"喂,福尔摩斯,你说我是不是傻瓜?"

"喵——"福尔摩斯表示肯定。

"可恶!"片山笑了。

掌声响起。

比赛盛况空前,观众热情高涨。

片山和晴美居然被安排在朝仓旁边的位置上。

福尔摩斯也卧在晴美腿上"欣赏"表演。

魁梧的斯塔维茨先生坐在朝仓的另一边,大手、大眼、庞大的身体,一切都很大,但却让人觉得他是个温和的好人。

"到目前为止——"朝仓说,"无伴奏的指定曲目大家都完成得差不多,难分高下。对新曲的诠释方面,樱井玛莉表现得最深入。如果下一个指定的协奏曲把握得好,樱井玛莉就胜券在握了。"

"这样啊,"晴美点点头,"协奏曲是哪一首?"

"不知道,这要靠运气。如果抽到西贝柳斯就好了,那是玛莉最拿手的。"

这时,主持人宣布:"下面上场的是樱井玛莉,指定曲是柴可夫斯基,协奏曲F大调,第二、第三乐章。"

"这不是她最擅长的曲子。"朝仓自言自语。

"为什么不是第一乐章呢?"晴美问。

"曲子太长了，如果演奏全曲会很累，那就不公平了。"

随着樱井玛莉的出场，场下响起雷鸣般的掌声。

一袭水蓝色长裙将玛莉高挑的身材勾勒得曲线玲珑，配上出神入化的小提琴演奏，真是美得令人心醉。

玛莉对指挥点头示意。

指挥棒慢慢举起，木管与圆号展开前奏，玛莉架好小提琴。

充满哀怨的旋律如精致的丝线一般绵绵不绝，全场听众都听得入神了。

斯塔维茨低语了一句。

朝仓悄声告诉片山："他说玛莉正在恋爱中。"

玛莉的琴声如泣如诉，她的心意，片山接收到了。

加 演

"大家多吃点儿！"朝仓说。

朝仓家的庭院里，桌上的烤肉冒着热气，令人垂涎。

"我已经吃饱了。"片山说。

"我也饱了，谢谢您的招待。"晴美满足地叹息。

"不要客气，真的够了吗？再喝点儿饮料吧……"朝仓为晴美倒上了啤酒。

这是个晴朗的下午。

"你们这次真是帮了大忙，托你们的福，比赛才能顺利进行。"

"哪里，这是我份内的工作。"片山说。

"玛莉小姐今后……"

"嗯，她获得优胜，因此得到去维也纳旅行演出的机会。"

"太好了！哥哥，对吧？"

"对……"片山含糊地说。

"有两件事一直想请教朝仓先生。"晴美说。

"什么事？"

"这两件事我一直放在心上——第一件是关于多余的那份乐谱，第二件是关于须田先生的死。我想，朝仓先生一定知道内情吧？"

"原来是这个，"朝仓先生笑着说，"我就知道不招不行。"

"能告诉我吗？"

"当然可以。这两件事实际上是一件事——我和辻纪子的母亲有来往,她跟我发生关系,并提出想要一份新曲乐谱作为交换条件。我嘴上虽然拒绝,但私下还是多印了一份,所以,打电话吩咐厂家印八份的人其实就是我。当然,表面上我要佯装不知。"

"原来如此。"

"后来须田发现了这件事——我虽然没有证据,但我想他是想偷出那份乐谱,转卖给辻纪子的母亲。"

"所以那天晚上……"

"对,他收买了我的女佣。当他来四处寻找乐谱时,我和辻纪子的母亲回来了。他虽然很惊慌,但一心只想把乐谱弄到手,所以就躲在楼上那间屋子里……"朝仓指着还在装修中的音乐室,"他藏在那里,也顺便搜找了一圈,结果发生了地震……"

"他受到了惊吓,对吧?"

"他本来就担惊受怕,突如其来的地震更是把他吓坏了——他的心脏不胜重负,倒在脚手架上死了。"

"脚手架?"

"是的,地震过后我并没有去查看那里,所以并不知情。第一次看到须田的尸体,是我带你上楼参观的时候。"

"就是那一次吗?"

"对,我不是自己先进音乐室了吗,那时看到尸体真是吓了一跳。当然,我也感到十分困扰,要解释须田为何会死在我家很麻烦,而且当时我并不知道他死于心脏麻痹。"

"后来呢？"

"我犹豫不决，可是又不能让你在外面等太久，因此我想先把尸体藏起来再说。因为比赛临近，我不想引发事端。我想搬动尸体，但是，可能是他倒下时踢翻了黏合剂的罐子，里面的东西流出来，结果他就仰面被粘在脚手架的木板上，我怎么拉都拉不动，于是我就……"

"我知道了，"晴美说，"您就把木板翻过去了。"

"翻过去？"片山一惊。

"对，那块木板只是放在铁管上的，没有固定。"

"你说得没错，"朝仓点点头，"须田是面朝上贴在木板上的，翻过木板，就变成面朝下了。"

"可是翻过去的瞬间，西装的后背部分绷紧，纽扣绷掉了……这就是院子里有一颗完整纽扣的原因。"

"对，纽扣是从西装外套的前襟脱落的。"

"这样我就明白了，"晴美点点头，又说，"那么起火的原因是……"

"那是我放的火。因为我想那件粘在木板上的衣服很快会被发现，所以想烧掉它……总之，给你们添了不少麻烦，十分抱歉。"

"哪里，弄清真相就好。哥哥，你说对不对？"

"嗯，嗯……"片山勉强点点头。事到如今，也不能再追究。

"不过，你真是一位了不起的好姑娘啊。"朝仓说。

"谢谢。"

"须田死了,道原和代被捕,我的新东京爱乐乐团很希望有你这样的人才加盟,如果你愿意……"

"真的吗?"

"是啊!不过……"朝仓瞟了片山一眼,"我看还是算了,令兄正瞪着我呢,他在警告我不要打你的主意……"

"不,我没有……"片山急忙否认。

"好吧,我再去找别人好了,"朝仓愉快地微笑,"虽然我已经老了,但也不希望因为女人而被警察逮捕啊。"